Copyright © 2016 by Muniz Sodré
Todos os direitos reservados.

ISBN: 978-85-92736-05-7

Projeto gráfico (miolo e capa) e diagramação:
BR75 texto | design | produção

Capa: Pedro Sobrinho

Revisão: Léia Coelho

Edição: Vagner Amaro

Texto revisado segundo o novo Acordo Ortográfico da Língua Portuguesa.
Proibida a reprodução, no todo, ou em parte, através de quaisquer meios.

Dados internacionais de catalogação na publicação (CIP)
Vagner Amaro CRB-7/5224

S679c   Sodré, Muniz.
         A lei do santo: contos / Muniz Sodré. — Rio de Janeiro: Malê, 2016.
         124 p.; 21 cm.

         ISBN 978-85-92736-05-7
         Conto brasileiro. I. Título

                                                    CDD — B869.301

Índice para catálogo sistemático:
I. Conto: Literatura brasileira B869.301

2016
Todos os direitos reservados à Malê Editora
www.editoramale.com.br
contato@editoramale.com.br

SUMÁRIO

Purificação	7
Água de Rio	17
A lei do santo	23
Oluô	33
À moda da Bahia: Tengo Lemba	41
Al dente	51
Vermelho Havana	61
O Cágado na cartola	69
Diferença	81
Metafísica do galo	85
Uma filha de Obá	93
Chuva	105
O despejo	113
A partida	121

PURIFICAÇÃO

Deitado sob os escombros do barraco de madeira, João podia ouvir as vozes lá fora. Já duravam uma semana as operações de remoção, mas só na noite anterior tinha havido bombardeio. Helicópteros oficiais e particulares despejavam centenas de artefatos explosivos, arrasando habitações e matando moradores. Alegava o governo que dera prazo suficiente para que todos abandonassem o Morro, mas devido à resistência feroz não restara outro jeito senão a força extrema.

Força purificadora, diziam os evangélicos. Após anos de expansões e proselitismo, uma diversidade crescente de seitas protestantes espalhava-se pelo país. Recentemente haviam se agrupado em torno de uma organização política, o Partido Evangélico, que tinha maioria no Congresso Nacional. Concorriam eleitoralmente com os católicos-carismáticos, também em ascensão, mas faziam consenso no culto ao Espírito Santo. Não mais Deus-Filho, nem Deus-Pai, e sim a terceira pessoa da Trindade, a ponta do triângulo que operava feitos miraculosos e levava os crentes a falarem línguas estranhas.

A palavra de ordem era purificação. Casas de diversão e cultura eram compradas e transformadas em templos. A rede evangélica de televisão cobria o território nacional com mensagens de regeneração dos costumes e das crenças de toda espécie. Os pregadores eram todos especialistas em marketing e técnicas de motivação coletiva. A network carismática, por sua vez promovia a maior parte dos espetáculos para a juventude. Cada banda musical portava o nome de um apóstolo.

Os movimentos religiosos cabiam como uma luva no tipo novo de mão que passara a segurar as rédeas do mando. Mandava-se agora cortar quaisquer vínculos com quem estivesse à margem das regras do pacto entre Deus e o Mercado. A pretexto de combater o narcotráfico no Morro, o governo queria apagar os traços do velho povo, gente sem recursos, sem qualificação escolar, inassimilável pela Nova Ordem. Estimulavam-se ligas de higiene social, os ideais de pureza global eram incompatíveis com a sujeira popular.

Os evangélicos em especial queriam apagar todas as marcas consideradas negras. Por isso, havia agora ritos de apagamento. Um lugar com sinais de culto afro-brasileiro era perseguido, eventualmente arrasado a fogo e purificado com sal. Todos os negros que no início haviam aderido às seitas evangélicas terminaram sendo considerados suspeitos e finalmente expulsos.

Fora grande a resistência nos morros e favelas do Rio de Janeiro. E, de repente, as autoridades decidiram-se pelo extermínio puro e simples. As casas eram primeiro bombardeadas, depois invadidas por uma Guarda Cívico-Evangélica, que usava uniforme cinza semelhante ao da polícia militar convencional. A Guarda aprisionava ou, às vezes, atirava nos sobreviventes. Nada disso era considerado excessivo; ao contrário, perfeitamente funcional, porque as pequenas unidades médicas que faziam a retaguarda dos exterminadores retiravam dos corpos em boas condições órgãos para transplante cirúrgico em doentes abastados, integrantes da atual esfera produtiva da sociedade.

— Veja se há alguém se mexendo ali! — comandou uma voz.

João imobilizou-se na posição em que se achava e começou a suar muito. Sabia que grande parte dos membros da Guarda era composta por jovens dos condomínios de classe média da Zona Sul do Asfalto, treinados em técnicas de estrangulamento e tiro ao alvo. Muitos fingiam ser religiosos apenas para ter a chance legalizada de bater e matar.

Ouviu os passos bem próximos e as exclamações satisfeitas:

— Achei! Achei!

Era noite, mas através da fresta penetrava a luz de uma lanterna que deixava João perceber o vulto de um rapaz branco, forte e careca ajoelhado perto de alguém. Sorte, sorte, não tinha sido descoberto. Haviam encontrado um vizinho, já idoso, dono da birosca onde João costumava beber com amigos. Tinha o rosto congestionado pelo medo e implorava que o deixassem em paz.

O rapaz pareceu aquiescer, mas subitamente cavalgou o peito do outro, fazendo um gesto rápido e preciso com as duas mãos para o lado. O pescoço do velho quebrou-se com um ruído surdo.

Aterrorizado, João sentia que não deveria sequer respirar e permaneceu onde estava, imóvel como uma pedra. Uma pedra que, no entanto, parecia derreter-se ao fogo. Ele suava profusamente, encharcando o macacão abóbora de lixeiro da Limpeza Pública, que ainda envergava.

Havia mulheres na Guarda. João ouvira falar que algumas delas eram também impiedosas, mas a maioria limitava-se a assistir aos espancamentos e assassinatos, fazendo orações em seguida. Era justamente uma moça que agora aparecia por trás do careca e, ajoelhando-se ao lado do morto, começava a rezar. Manuseava um terço virtual: um contador digital de bolinhas que simulava um terço e facilitava ao militante católico rezar a qualquer hora, em qualquer lugar. A princípio símbolo de status, o pequeno objeto acabara tornando-se muito popular. A tarja magnética servia ao mesmo tempo para fazer saques de dinheiro em caixas automáticos de bancos e depositar a doação nos templos.

A moça era muito jovem, mas obesa, cabelos longos e cor-de-milho, que emolduravam olhos muito azuis e um rosto quase angelical. Devia ser "católica-carismática", pensou João, atentando para o terço. Além do mais, os carismáticos diferiam dos evangélicos pelo aspecto físico: homens e mulheres pintavam de cor-de-milho os cabelos para se assemelharem a adolescentes norte-americanos. Como fazia parte dos novos ideais de pureza social e aparência branco-anglo-saxônico-puritanas, copiava-se aqui tudo, literalmente tudo, que viesse do Centro do Império.

A moça devia também trabalhar em banco ou em shopping center, deduziu, observando os detalhes da blusa cinza que passara a caracterizar os atendentes em serviço de muito contato com a classe abastada. Sob a alegação de se evitar tumultos, gente muito pobre, identificada como cidadão não consumidor, era proibida de entrar em shoppings e bancos.

Ele próprio trabalhara muito tempo num banco como técnico em manutenção de equipamentos eletrônicos, até o dia em que veio a ordem de se demitirem todas as pessoas de pele escura. Os empregos típicos da classe média eram cada vez mais escassos, e agora se dava preferência aberta a gente de pele clara, como sugeriam as televisões e os estrategistas de marketing. João terminou achando um lugar na Limpeza Pública e mudando-se do Asfalto para o Morro.

Os lábios da moça moviam-se rapidamente, no mesmo ritmo dos pequenos gestos que fazia com o dedo indicador sobre a superfície do eletro-terço, enquanto os olhos estranhamente cada vez mais azuis pareciam perscrutar os arredores. Talvez ela estivesse tentando localizar sobreviventes, imaginou João. Isso não o preocupava tanto quanto os latidos que ressoavam ao longe. Poderiam estar chegando os pitbulls ou coisa pior.

Essa suspeita lhe acrescentou calafrios ao suor abundante. Um pitbull podia arrancar com as mandíbulas, durante o salto, um prego enorme encravado pela metade na parede. Na caça a favelados, haviam-se revelado mutiladores perfeitos. Mas, com o tempo, descobriu-se um preparado que lhes desnorteava o faro, e isso vinha salvando mãos e dedos.

Havia o pior, entretanto: os evangélicos estavam importando uma raça de cães do sul dos Estados Unidos, inteiramente brancos e treinados para atacar apenas negros. Resistentes aos bloqueios químicos do faro, visavam principalmente o pescoço da vítima, e já se dizia que poriam fora de moda os pitbulls. Desfilavam nas ruas com grandes coleiras prateadas, com nomes Himmler, Eichmann e Pincochet.

A moça agora movia freneticamente os lábios. "Boca-mole", pensou João, tão nova e já uma boca-mole. Assim chamava-se no Morro um certo tipo de gente do Asfalto. Aos poucos, o povo empobrecido foi se dando conta de que na sociedade oficial falava-se muito por não se ter nada a dizer. Jornais, rádios e televisões falavam o tempo todo sem querer dizer realmente coisa alguma. Nos intervalos, canções repetitivas, intermináveis, destinadas a fazer os mais jovens mexerem toscamente os corpos num arremedo de dança.

Governantes e políticos vociferavam frases incompreensíveis para eles próprios. E as pessoas dos shoppings, dos condomínios fechados e seguros, frequentavam cada vez mais consultórios terapêuticos e encontros de autocrítica carismática, de onde saíam falando sem parar sobre si mesmos. Quanto mais se explicavam, menos se entendiam.

Tornara-se costume de muitos descer o Morro aos domingos para contemplar, do lado de fora dos condomínios, a gente que falava interminavelmente nos jardins. A distância, por trás das grades, às vezes de enormes vidraças à prova de choques, o movimento compulsivo das bocas no falario lembrava o dos peixes no aquário. Assim surgiu a designação de "boca-mole", que logo se estendeu a políticos, jornalistas, artistas e pregadores religiosos.

Num certo momento, João bem se lembrava, quando parecia iminente o colapso total de entendimento no Asfalto, os fundamentalistas do Espírito Santo ganharam força inédita e começaram a dominar as cidades. Não era preciso entender mais nada, bastava declarar-se fiel e seguir os preceitos bíblicos, interpretados por pastores ou padres carismáticos.

Depois de algum tempo, não era preciso sequer escutar o que diziam. Bastava antenar-se com o movimento espasmódico dos lábios e balançar ritimadamente o corpo, quando havia música. Os eleitores passaram a votar em bocas-moles, fantoches maquiados para a televisão e apoiados por religiosos. Os verdadeiros senhores eram financistas, industriais e representantes de organismos estrangeiros.

A moça rezava cada vez mais ruidosamente, mas João sabia que não havia sequer palavras, tudo era massa sonora confusa, inteligível apenas a quem fosse tomado pelo Espírito Santo. Pela fresta dava para perceber que a moça estava agora sozinha. Os outros membros da Guarda tinham se afastado dali.

Persistiam, no entanto, mais próximos os latidos. E os olhos da moça continuavam estranha e intensamente azuis, como se sugerissem uma espécie de aparelho eletrônico capaz de furar a espessura da noite em busca de vítimas.

De repente, João soube por que ele continuava ali, à espera, rezando. De algum modo ela já o havia localizado fazia tempo e orava por ele mesmo, a próxima vítima. Tomado de imenso terror, ensopado de suor, ele ainda pôde se dizer que se tratava de uma jovem sozinha, fácil de se dominar. Sairia dali, correndo, antes que voltasse a Guarda. Fez então um esforço para sair de debaixo do destroço da parede de madeira onde julgara estar a salvo, ergueu a cabeça e deparou com o olhar translúcido da moça, que o verrumava como um feixe de laser. Ao lado dela, uma matilha de cães absolutamente brancos.

Juntos, saltaram sobre ele.

Grito — doído, cantado ou ofensivo, João sabia, sempre foi recurso de negro.

Sufocado, de olhos fechados para evitar a visão terrorífica, ele conseguiu mesmo assim soltar um grito lancinante. De repente, a mão de uma pessoa estranha à cena lhe pegou pela cabeça, obrigando-o a levantar-se, e ele viu Joana, sua mulher, ainda o sacudindo e abanando a cabeça com ar de reprovação.

— Nisso é o que dá beber numa segunda-feira, depois de um domingo em que não se fez outra coisa — ralhou ela. — Uma vergonha ficar assim escornado, de boca de mole, babando... Ainda mais quando se tem obrigação a fazer, como a sua!

Trêmulo, mal conseguindo refazer-se do pesadelo, João levantou-se aos poucos da cama encharcada de suor. Piscando muito, passeou o olhar pelo barraco, certificou-se de que tudo ainda estava em seu lugar e lembrou-se de que, às sete horas da noite, no retorno do trabalho na Limpeza Pública, havia parado na birosca para tomar com amigos um gole de pinga. Não tinha sido grande coisa, ele aguentava bem a bebida, porém Joana estava certa: foi pesada a farra de domingo, ele deveria dar-se um tempo no dia seguinte.

Mas o problema mesmo era outro. Aquela era uma segunda-feira em que ele tinha obrigação de Exu. No canto do quarto, os materiais do ebó — a farofa de dendê, a cachaça, os charutos, as velas — estavam prontos, à espera. Ele havia bebido antes, certamente desgostando o Compadre. Daí o cochilo imprevisto, daí aquele sonho horrível, que até agora lhe parecia tão real.

Ainda estava em tempo, porém. Calçou rapidamente as sandálias de borracha, enfiou o ebó num saco plástico de supermercado e, sem mais dar ouvido à rezinga da mulher, saiu de casa. Iria à procura de uma boa encruzilhada no Asfalto, como sempre fazia. Exu gosta de quinas perfeitas, senão de sopé de árvore frondosa.

Antes de descer o Morro, parou no início de uma ruela que sempre usava como atalho e contemplou por um instante o céu. Nuvens escuras, carregadas, prenunciavam chuva. Baixando o olhar, avistou ao longe os movimentos sorrateiros de um grupo que começava a subir a ladeira principal da favela. Vestidos de cinza, os homens carregavam rifles e metralhadoras. À frente, controlados por coleiras, pitbulls excitados.

ÁGUA DE RIO

O reflexo das águas irradiava o poder dos escudos e lanças à margem do rio. Profundo e largo era ali o curso, não havia ponte nem vau nas imediações. Milhares de guerreiros do rei Agbaraiê aguardavam uma solução para o impasse da travessia, sem o que não haveria batalha.

Na outra margem, postavam-se a deusa Oxum e fiéis, dispostos a lutar. A morrer, na verdade, porque não passavam de um punhado de homens e mulheres, zeladores da deusa.

Oxogbô era a região.

O povo dali indagava-se por que Oxum, princípio da meiguice, devia entregar-se a uma guerra — é tão desigual. Mas os fiéis conheciam a importância da demanda. O rei Agbaraiê, dono de força tão grande no mundo visível que podia comunicar-se diretamente com os deuses, queixara-se a Olodumare, divindade suprema, do poder crescente daquela deusa em seus domínios.

Oxum recusava-se a alterar o que considerava curso natural das coisas, o aumento da doçura no coração do homem.

Criada a demanda, Olodumare apelou para a sabedoria de Ifá, um de seus ministros, de quem partiu a sugestão da guerra. Por isso, Olodumare retirou temporariamente os poderes sobrenaturais de Oxum, que deveria contar apenas com os recursos deste mundo, os fiéis e suas armas. Na guerra, dissera Ifá, os contrários podem aprender um com o outro, mediados por Iku, a morte.

Na margem ocupada pelo rei Agbaraiêm, guerreiros exercitavam-se no manejo das armas, brilhantes, mortíferas, espadas de fio tão aguçado que, apenas ferindo o ar, enviavam para a outra margem os sons ameaçadores de seu poder de corte. Do lado de Oxum, o que se ouvia eram cânticos de louvação a entidades do reino do espírito.

Mas o rei e a deusa concordavam que, ali, decidiria só Agbara, a força.

Omilaré era auxiliar imediato de Oxum. Seu nome significava "justiça das águas", mas também "em caso de guerra, que vençam as águas". De coração limpo, ele cantou e dançou para a deusa, para as muitas divindades. A cada uma, gritava — "Ibá ô ô ô!" — como se saúdam os seres do mundo invisível.

E cumpriu, mais rigorosamente do que todos, os ritos de Exu, porque era de lei fortalecer os corpos, domínios de Exu para a luta: "Eu saúdo o pênis que pende para baixo sem pingar / Eu saúdo a vagina que se abre para baixo sem fluir / Eu saúdo a palma das mãos / Eu saúdo a sola dos pés...". Assim por diante, repetidamente, um dia inteiro, uma noite inteira.

A par do fervor de Omilaré, Agbaraiê lançava olhares de desdém para a outra margem. Só a guerra o interessava. Irrequieto, andando de um lado para outro, confabulava com seus comandantes. Mas também comia com grande apetite, dançava a vitória prevista, ria, acompanhado pela guarda de elite.

Oxum, não. Sentada na terra, a mãe da bondade, parente da paciência, escutava com atenção os cânticos. Na mão, o leque dourado; no colo, resplendiam pedras, como estrelas; os cabelos, abundantes e encaracolados, lembravam as ondas baixas da água doce. Mas agora mortal, consultara o babalaô, seu oráculo, pedindo proteção a Ifá. O sacerdote desenrolou da folha uma noz de cola branca, que se abriu em quatro gomos. Lançados, caíram os quatro voltados para cima. O babalaô limitou-se a dizer "Aláfia". E silenciou, quieto e furtivo como todo zelador do segredo.

Todos pareciam esperar um sinal de Olodumare. Por isso, ao abrir-se de repente o céu em amarelo e vermelho, os contendores nas duas margens souberam que amanhecera antes do tempo naquele dia. Nos ares, por cima do rio, avistaram Exu. Negro absoluto: na cabeça, a crista prolongava-se numa trança que despencava pelas costas, encimada por um gorro com longa ponta caída. Na mão direita, a lança; na esquerda, a cabaça que guarda e transmite força sem fim.

Era mesmo Exu Elegbara, que foi parar perto de Agbaraiê. Exultante com a aparição, o rei pediu uma solução para o impasse:

— Senhor do poder, eu preciso atravessar para combater!

A resposta pôde ser ouvida em toda Oxogbô:

— Como você foi o primeiro a falar, vou fazer uma ponte sobre o rio.

E assentado na margem do rei, Exu, dono do corpo, senhor da fala, mestre da adivinhação, deixou que seu pênis colossal crescesse ainda mais, esticando-se para os lados e para a frente até tocar a margem que abrigava Oxum. Sobre a pele grossa e rajada como o dorso de um tigre poderiam passar os homens do rei.

Pressuroso, lança e espada nas mãos, Agbaraiê arremeteu, seguido de todo o seu exército. No meio do percurso, estacou a um gesto súbito de Exu, que perguntou:

— Diga-me uma coisa, você cumpriu com as obrigações?

— Quais? — quis saber Agbaraiê, impaciente, arrogante. — Não se esqueça de que sou o rei!

A divindade balançou a cabeça:

— Rei, sim, mas dos esquecidos, dos que não guardam a memória das obrigações e do amor. Ai, porém, de quem ignora que, sem o axé dos ritos humanos, até os deuses perdem a potência!

E então murchou o pênis de Exu, lançando ao rio todo o exército real.

No fundo lamacento, Nanã Buruku, a dona mais velha das águas, abriu os braços enormes para acolher os afogados.

Em sua margem, os fiéis de Oxum dançavam a vitória. A deusa havia desaparecido, retomando seu lugar e seus poderes no mundo invisível. Mas a celebração durou muito tempo, regida por Omilaré, que puxou cantigas e contou histórias, lembrando a velha relação entre Oxum e Exu, seus pactos, seus jogos de astúcia.

A tudo assistia o povo dali, que trouxe bodes e galos para Exu; e galinhas, patos, cabras amarelas e pombas de cores claras para Oxum. Sentiam-se as pessoas ternas e amorosas — afinal, a doçura tinha vencido a demanda. O poder da água doce deveria permanecer no espírito de todos.

Foi assim que as águas de Oxogbô passaram a ser conhecidas como rio Oxum.

(A partir de um mito da tradição nagô.)

A LEI DO SANTO

— Bom-dia, dona Marta. Este é mesmo o seu nome, não? Pode se sentar na cadeira à frente da minha mesa... fique à vontade! Mas, diga-me, por que procurar um advogado, dona Marta?

— Me demitiram, doutor.

— Demitiram...? Mas... deve haver um engano... eu não sou advogado de trabalho, senhora! Sou penalista, crime, entende?

— Foi o doutor Carlos, amigo do senhor, que me mandou aqui...

— O Carlos Mota!? Ele, sim, é o homem das causas trabalhistas... não compreendo por que a encaminhou a meu escritório.

— Ele disse que é um crime...

— Demiti-la?

— Sim, senhor.

— Que idade tem a senhora, dona Marta?

— Mais de sessenta, doutor.

— Bem... em sentido figurado, o Carlos pode ter razão. Mas só assim, compreende, dona Marta? Só em sentido figurado... um patrão pode demitir o empregado, desde que cumpra a lei. A senhora deixou de receber aviso prévio, não foi indenizada, é isso?

— Não, doutor, eu recebi aviso e dinheiro.

— Não entendo... onde a senhora trabalhava? E o que fazia?

— Na Luxibrás. Eu era faxineira.

— Mesmo? Empresa poderosa, dona Marta... então, fez as contas e acha que a Luxibrás não lhe pagou tudo a que tem direito. Certo?

— Pagou, sim senhor. Mas não a Luxibrás... eu trabalhava para uma firma de prestação de serviços.

— Então, a senhora era terceirizada... ainda assim, não vejo problema jurídico, a menos que... por que foi demitida?

— Porque eu não podia varrer a sala de um dos engenheiros.

— Não?! Qual o motivo?

— Ele não deixava, doutor. Me disse que não queria gente preta limpando a sala dele.

— Mas que absurdo! Isso é racismo deslavado. No Brasil, isso hoje é crime, minha senhora!

— Foi o que disse o doutor Carlos...

— Então, vamos agir, vamos ao tribunal! Primeiro, recorrer à lei contra crime racial. Depois, ação por danos morais. Esse engenheiro que a demitiu...

— Não foi o engenheiro que me demitiu, doutor. Foi o meu chefe na firma de limpeza.

— Ah, o seu chefe... mas quem a contratou?

— Ele mesmo, o meu chefe. Ele também não é lá muito branco, doutor...

— Bem... hum... conte como tudo se passou!

— Não tem muito mais do que isso. No começo fiquei calada, porque imaginei que aquela história pudesse dar alguma confusão, e o senhor sabe, não é, que a corda arrebenta sempre do lado mais fraco. Mas quando o meu chefe descobriu que uma das salas ficava sem limpeza, não tive outro jeito senão falar da ordem do engenheiro. O meu chefe me disse então para chegar mais cedo e fazer a faxina na hora em que o homem não estivesse lá. Foi o que fiz. Mas acho que ele acabou descobrindo, doutor, alguém deve ter falado com ele. Não demorou, sem mais nem menos, me mandaram embora.

— É uma história e tanto, mas é bom ficar desde já ciente de que o engenheiro e o chefe vão negar tudo. Não sei se a senhora se dá conta disso, mas para todos os efeitos não existe racismo no Brasil, dona Marta!

— E não, doutor?

— Bem, talvez a senhora não saiba mesmo, mas é fato corrente que somos uma gente muito cordial, sem preconceitos, e não importa a cor da pele para que uma pessoa com instrução adequada tenha plena integração social.

— Não entendo...

— Quero dizer que oficialmente não existe o motivo de sua demissão, dona Marta. Oficialmente, preto é igual a branco neste país!

— Se o senhor diz...

— Não, não sou eu quem sustenta isso, minha senhora! Estou repetindo o que dizem muitos dos nossos homens de letras, intelectuais, autoridades, políticos, juízes...

— Mas se tem uma lei, não tem crime? O senhor mesmo falou...

— Falei! Falei que racismo é crime, mas a lei pode estar aí apenas como uma espécie de prevenção, entende? Existir é uma coisa, aplicar é outra, porque ninguém consegue ver o crime...

— É como um camaleão?

— Não.

— Pois, na roça, há quem crie camaleão na árvore. Só que é difícil de se avistar o danado! É um bicho que a gente tem, mas não vê.

— Entendo... a senhora é do interior?

— Sou da roça, de Rio Bonito. Lá o que não falta é camaleão.

— E racismo também?

— Isso não falta em lugar nenhum.

— E ninguém se revolta?

— A gente se acostuma.

— Acostumar-se! Mas com o que é tão ruim?

— Eu aprendi que a sola do pé está sujeita à sujeira do caminho...

— Mas a senhora é um ser humano! Por que não lhe dá vontade de reagir?

— Porque gente não reage sempre, doutor. Bicho é que só faz reagir...

— Claro, claro, bem pensado, dona Marta. Mas eu não quis me referir ao comportamento fixo dos animais, prisioneiros da natureza ou dos instintos. Não pensaria jamais na senhora como um... camaleão!

— Se pensar não me ofende, porque esse é bicho de Deus...

— Esse, em especial?

— Sim, senhor, esse tomou parte na criação do mundo!

— O camaleão?!

— Bem, doutor, posso lhe contar o que ouvi muito tempo atrás... É que, antes da criação, este nosso mundo era só um lamaçal... lama que não acabava mais! Aí, sem quê nem porquê, Deus, que reinava sobre outros seres muito poderosos, outras divindades, resolveu criar a Terra. Encarregou da tarefa um desses seres, a quem entregou uma concha cheia de terra, uma galinha com cinco dedos em cada pé e um pombo. As duas aves espalharam a terra, cobrindo a lama...

— Espere um pouco, dona Marta! Em sua versão, o Gênese lembra uma faxina, lembra a atividade da senhora...

— De tudo, Deus é capaz...

— Sim... bem... mas continue!

— A divindade retornou, dando por feito o trabalho, mas Deus mandou o camaleão inspecionar. O bichinho informou então que a terra ainda não estava seca o bastante, e só numa segunda viagem ficou satisfatório. Tudo dependeu dos olhos do camaleão, doutor, que por isso é bicho santo.

— Estou perplexo, simplesmente perplexo! Para mim, é uma versão nova da Criação... mas não está no Livro, hem, dona Marta?

— Está na lembrança.

— É?! De quem?

— De quem lê a natureza, doutor.

— Bem, mas eu julguei ter ouvido também uma comparação entre o camaleão e o racismo...

— Ouviu, é? Mas camaleão, por mais santo, é só um bichinho... bicho não tem esse tipo de maldade... o problema é que Coisa Ruim é capaz de roubar a qualidade do animal, para ficar ainda pior. O racismo, vai ver, tomou do camaleão o poder de mudar de cor e de se esconder. Pode ser bicho que exista e até mesmo ataque sem ser visto...

— Mas a senhora pode ver, não?

— Sim, senhor. A gente aprende com o camaleão.

— Novamente ele! Como assim? A mudar de cor?

— Não, doutor, a mexer os olhos para todos os lados, a olhar também para o falso da vista. Camaleão é assim, foi por isso que Deus mandou ele fiscalizar a obra da criação da Terra!

— Respostas rápidas, dona Marta! A senhora lê muito?

— Eu escuto.

— Estou vendo, estou vendo... Mas continue sentada, por favor! Ainda não é hora de ir embora! A nossa conversa profissional mal começou, porque preciso de informações detalhadas sobre essas pessoas que trataram a senhora de modo tão infame! Vamos trazer à luz a verdade dos fatos! Vamos lutar por justiça!

— O senhor me assusta, doutor. Eu queria só o meu emprego de volta.

— Emprego? Posso compreender a sua aflição, mas há algo aqui muito mais importante. Há a causa da verdade! A senhora não acha que a verdade faz as pessoas mais dignas?

— A verdade branca, doutor, quem sabe... A verdade do preto só faz a gente clara ficar mais zangada.

— A verdade, dona Marta, doa em quem doer, é que somos todos iguais!

— É difícil de acreditar nisso... veja só, o senhor é branco, eu sou preta.

— Eu não me referia à cor da pele... eu gostaria que a senhora entendesse a importância da ideia de igualdade. Sem ela, como brigar pelo reconhecimento dos direitos das pessoas diferentes?

— Mas, doutor, os dedos da gente não são iguais, e ninguém precisa brigar pra provar que nenhum é melhor do que o outro...

— Interessante... imagem interessante! Isso é espontâneo? Quero dizer, como a senhora soube disso?

— Com o dedal, doutor.

— Dedal?!

— Sim, senhor. Costurando roupa, eu botei na minha cabeça certa feita que o dedal não servia para todos os dedos, só se encaixava bem num deles, em particular. Veja só, cada dedo é diferente do outro...

— E daí?

— Daí que cada um vale pelo que é, doutor. De nada adianta ficar comparando um com o outro, não são iguais nem vão ser! A gente tem de aceitar cada um como é, sem essa conversa de igualdade...

— Santo Deus, dona Marta, isto mais parece enredo do que conversa! Vocês são sempre complicados assim?

— Vocês... quem, doutor?

— Vocês... a sua gente... quero dizer, os negros...

— Tem quem ria, quem chore, até mesmo quem grite...ninguém é igual.

— Não... o que estou querendo dizer é que, mesmo sem uma formação escolar completa, me parece haver um conhecimento...

— Quem não teve escola, tem de ter cabeça.

— Está bem, admito que estou falando com uma mulher atilada, surpreendente até! Mas eu sou advogado, trabalho com fatos objetivos. A senhora veio a mim em busca de justiça, e justiça não se faz sem lei, que em princípio é objetiva. Para ser também objetivo, quero lhe dizer que aquilo de que realmente preciso não é de nenhuma sabedoria espontânea, e sim das identidades das pessoas implicadas. Em especial, o engenheiro... como é mesmo o nome dele?

— Ah, doutor! Isso eu não vou poder lhe dizer.

— Como não? A senhora deve estar brincando... eu tenho de saber o nome do racista para processá-lo!

— Desculpe, doutor, mas a lei manda não falar o nome até que tudo se resolva.

— Lei?! Disso entendo eu, dona Marta. A lei eu conheço, me obriga a citar o nome do réu!

— O senhor me desculpe, mas o nome do homem está escrito num pedaço de papel, já colocado aos pés de quem é de direito. Só depois da solução é que eu vou poder pronunciar o nome dele.

— Que história! Eu sabia que ia acabar entrando em cena alguma superstição... Que solução é essa? Volte aqui, dona Marta!

— Acho que não vai dar para entrar em acordo, doutor. Eu não sabia dessa obrigação do nome... vou-me embora. À lei, eu não desobedeço!

— Mas que lei é essa, afinal, minha senhora?

— A lei do santo, doutor... a mesma do camaleão.

OLUÔ

"Obará!", murmura Agenor, ao ver caírem seis búzios abertos e quinze fechados — um lance que sempre deixa feliz. Da velha vitrola partem, baixinho, os primeiros acordes de Tristão e Isolda.

Além disso, nada de mais há nesta aurora. Nada diverso nas luzes nascentes do primeiro dia do ano 2000, embora não faltara quem proclamasse, uns com alegria, outros com assombro, que seria incrível a chegada do tempo novo. Um grand finale — de ano, século e milênio. Durante toda a noite e madrugada, a televisão mostrou as grandes festas nas capitais do mundo, todo aquele champanhe bebido pela gente rica...

Tudo era esperado, tudo era crível. Caberá, porém, o nome "especial" para esta manhã de um primeiro dia. Tanto assim que divindades caras a ele falaram pelos búzios:

— Obará!

Atento aos primeiros sinais de claridade, Agenor vê chegar o dia novo e sabe que, exatamente por parecer igual a tantos outros primeiros, aquele será mesmo um dia especial. Logo mais, cantará em louvor da vegetação. Não a árvore, que esta é cultuada o ano inteiro; não a folha, sem a qual não haveria deus; mas o fruto, as frutas, muitas, que alimentam e refrescam. Vai ser celebrada a divindade da vegetação e seus frutos.

Da janela do quarto de dormir, no primeiro andar da casa da vila, ele contempla por instantes as pitangas e as romãs que florescem logo abaixo, no canteiro espremido entre a parede e o cimento do pátio. Não há lugar nesta cidade para o baobá ou a gameleira, árvores suntuosas como catedrais, que encantaram a sua juventude na Bahia, na África. Mas onde há terra impõe-se o vegetal, daí romãs e pitangas em lugar tão improvável.

Da janela, também verá chegarem os primeiros fiéis.

— Benção, meu pai!

— Oxalá abençoe!

É o que lhe pedirão, é o que responderá. Há quantos anos tem sido assim? Pouco tempo atrás havia comemorado noventa e tantos de idade, porém desde menino recebia as honras devidas a quem comungava com a antiguidade dos deuses. Não era ele, baixo e franzino como Orumilá, a divindade pequena, mas cheia de sabedoria? Até mesmo gente idosa pedia a bênção, ele nãos se encabulava:

— Oxalá abençoe!

Sabe quem vai chegar primeiro. Por adivinhação ou por hábito? Nem mesmo ele poderia agora responder. É certo que todos os anos chega em primeiro lugar o casal de idosos que há muito tempo o consulta. Mas também é certo que, fora do hábito, antecipa eventos, nomes de quem lhe bate à porta. Será a mesma dupla, sim: ele médico, ela enfermeira, aposentados, gente branca da pequena classe média do Rio.

Houve um tempo em que era escasso o povo de pele clara no culto. Ele próprio foi sempre uma exceção marcante. Menino ainda, impúbere, sentava-se nas roças baianas entre negras majestosas e aprendia a zelar pelos deuses, a aceitar o dom da adivinhação. Tempo de pouca fala, de histórias oblíquas, mas de dentro do silêncio provinha o que de fato importava. Como desconhecer, mesmo que ninguém lhe dissesse de modo inequívoco, que espírito tem cabeça assim como o corpo, que o destino de um homem pertence à sua cabeça, que a cabeça depende da matéria com que se faz o destino?

Não, não era difícil, Agenor não achava. De repente, sabia das coisas, elas lhe vinham como o sopro que às vezes lhe davam as velhas ao ouvido.

— Odu, meu filho, mora no odu o segredo do destino.

Estranhas palavras, língua estranha, herdadas do continente remoto que novos e antigos reverenciavam:

— África!

De lá vieram os deuses, todos sabiam. De lá chegavam as histórias, os enigmas que todos se propunham, para aprender cada vez mais. "O que você faria se, depois de andar muito para chegar à terra dos seus pais, eles lhe preparassem dois ratos velozes, dois peixes encantadores, duas cabras grávidas com fetos, dois touros de raça com grandes chifres, duas galinhas gordas cheias de ovos e com fígados grandes e lhe cozinhassem pudim de inhame pilado, lhe dessem cerveja de milho, pimenta-da-costa e nozes-de-cola?"

Agenor sabia das questões que o deus da adivinhação armava para os outros deuses. Sabia dos desafios, muitas vezes das respostas, mas nunca seria demais repetir, para aprender, que só a cabeça de um homem o protege até o fim.

— Ori, meu filho, ori é cabeça. Ori é deus de cada um!

Ninguém como ele para zelar pela cabeça. Louvar, saudar, alimentar, ritos de toda uma vida. E não poderia ser de outro jeito: mais de uma velha lhe havia dito que, desde outras vidas, desde sempre, ele vinha destinado a sondar a cabeça do homem — um oluô acautela e protege.

Necessário, é coisa que tem de fazer. Pois destino é como a curva do voo do pássaro. Que sabe a ave de seu voo, do imponderável na curva? Que sabe o homem daquilo que o arrasta como redemoinho, que sabe do destino?

Agenor lança os búzios. É oluô, dono do segredo: sabe.

Sabe de tudo que é preciso para saudar as posições que assumem os búzios quando lançados, os odus, enredos da personalidade dos homens. Conhece os seus ritos de fecundação: conhecimento, lhe havia dito a velha, é como a geração de um filho. Há que fecundar a pergunta para se ter resposta. Um colar de contas, um punhado de restos do mar, coquinhos de dendê, fragmentos da floresta, de tudo que se fecundasse da forma exata, na hora precisa, viria a informação do destino. O que estava à frente seria sempre sonho de agora. E agora era a terra tal como se via, com os homens, as plantas, os bichos, as pedras, os rios, a areia. Além disso tudo, há o grande deus, que justamente por ser grande não dá atenção alguma aos humanos, deles mesmo desdenha, razão por que as pequenas divindades, intermediárias, tanto preocupam-se e terminam falando por seus porta-vozes.

Agenor é porta-voz, fala em nome da cabeça, interroga o destino.

Ah, sim, o destino mata sem espada, consola sem prêmios, porque seu instrumento é tempo, o grande invisível. Agarrar o tempo, paralisá-lo, manuseá-lo como as contas de um rosário a cada invocação de nomes de poder: Ocarã! Eji-ocô! Ogundá! Tantos outros nomes, muitos os odus, tão forte o segredo! Agenor guarda as suas preferências.

— Bênção, meu pai!

Podia abençoar, sim, mas não cederia jamais a caprichos de quem desejava viver na lei do santo a qualquer custo, até mesmo quando não recomendasse o destino. Ele mesmo não gostava quando os búzios diziam "Ocarã". Não gostava, que era cioso de suas preferências, mas obedecia e sentenciava:

— Esta é a fala de Exu. O santo não deve ser feito.

Assim lhe haviam ensinado os antigos, assim chegara da África o preceito, que tinha de ser mantido acima dos gostos, das vaidades, das obstinações dos fiéis. A lei do santo não é jamais qualidade pessoal de ninguém, o iniciado deve ser puro fruto de um destino. Aleatório, qual broto do romã no galho, harmônico como as notas encadeadas de um acorde.

Talvez por isso sempre lhe tenha sido a música experiência capital: o entusiasmo dos atabaques, mas também a colagem serena dos sons na sinfonia, a exaltação dramática da ópera. Tristão e Isolda é a preferida, cada acorde lhe soa como um discurso sem palavras sobre o amor.

Sem palavras. Primeiro vem o silêncio, depois o nascimento pausado da fala. Esta lhe parece a condição original das coisas, a condição da infância do mundo e das pessoas. O destino, como a música, é sem palavra. Por isso, sente-se também menino. Adulto ou criança, sempre sentiu o mesmo, a força incessante das imagens do mundo, tal qual sonho acordado, e a compreensão imediata das intenções ocultas, dos ditos latentes, das violências inconfessáveis, mas igualmente do fluxo do amor, das inumeráveis correntes da ternura.

É isto ser oluô, porta-voz de um deus. Adivinhar é comungar com o tempo, que comprime o destino num lance quieto de búzios.

Com o canto do olho, Agenor divisa na escada o vulto da doméstica que o acompanha há muitas décadas. Negra e antiga como suas velhas mestras na Bahia, fiel e precisa como o calendário na parede. Despertou, porque o pressentiu desperto, e ele sabe de cada mínimo gesto que se seguirá: o café no fogo, o pão na mesa e uma primeira inspeção na sala contígua ao quarto de dormir, onde se guardam os objetos votivos dos deuses, os assentamentos do espírito. Tudo deverá estar no lugar próprio para a festa ao deus do húmus e do vegetal, todo o espaço deverá poder abrigar as muitas frutas que trarão os fiéis, que serão judiciosamente sacrificadas e comidas.

Será um dia de muito trabalho para ela, bem o sabe. Mas um oluô não abre mão do zelo rigorosos com as pedras, as velas, os vasos, as flores, as águas, os muitos modos de representar e cultuar todas as formas de existência. Infindável o mapa do espírito, inesgotável a tarefa de pôr as coisas em seus lugares.

Não há nesta cidade as grandes roças onde os assentamentos possam espalhar-se também pelo mato ou se possam seduzir os bichos com cânticos propiciatórios no pé das árvores de fundamento. Mas dá-se aqui o desafio de resumir o cosmo numa sala, tornando mais plenos de força os objetos, abrindo ainda mais a cabeça para os jogos iluminados da intuição.

Oráculo de Orumilá, o oluô precisa de luz para ver o pensamento que está no fundo do ventre de cada homem. E que, ensinavam os antigos, se chama Legba. Pensamento é Exu, dono do corpo, fiscal do mundo. Sem ele não se adivinha.

Disso sabe e isso tem feito Agenor neste século que se extingue com as luzes nascediças do novo milênio. Sabe que ainda verá passar o século de sua própria existência, mas já não lhe interessam tanto a contagem dos anos, as numerações — tão só a certeza de que os deuses continuarão a ser zelados, que no dia anunciado como primeiro de um outro ano alguém corte as frutas e cante para Ocô, o princípio das plantas e seus frutos.

É o que ele próprio vai fazer nesta primeira manhã. Será um dia de muito brilho, por isto os búzios disseram "obará!", o odu de Xangô, enredo indicador de seis caminhos, tão forte que alcança divindades poderosas, caras a Agenor, como Euá, como Iansã. Os fiéis acorrerão de roupa branca e coração limpo, confiantes, dispostos a louvar, cantar e fazer seus íntimos votos em cada pedaço mastigado de fruta.

— Bênção, meu pai!

O pedido vem debaixo da janela, do casal vestido de branco, os primeiros fiéis, como previra. Maçãs, figos, peras e melões ressaem da corbelha carregada pela mulher. E resplendem como coroas para Euá.

— Oxalá abençoe!

Agenor evita um raio do sol que muito esquentará o dia (afinal, é janeiro no Rio!) e sobressalta-se com o gracejo sutil do tempo: as horas haviam avançado no relógio enquanto ele pajeava, encantado como Tristão por um filtro do amor, a aurora. O tempo, que nem Exu, é senhor dos jogos de engano.

Mas o oluô também se sabe mestre de jogo e sorri.

Contemplando as pequenas peças divinatórias espalhadas na mesinha ao lado, percebe que o pequeno encanto fez brotar do silêncio a velha saudação de um rito: "É a cabeça que traz a sorte!". É também a cabeça que faz o tempo, traz o milênio e preenche a vida. A alegria de mil anos é a mesma de um instante pleno para quem os búzios e os odus da tradição já não são mais coisas externas. Coisas e homem, uma natureza só.

Feito compadre do tempo, Agenor espreita o destino com materiais guardados em si mesmo, o tesouro dos deuses na cabeça. Ano novo é só pretexto para renovação dos ritos — das folhas, dos frutos, dos pós e traços no corpo.

Obará, portanto. O oluô permanece guardião do segredo.

À MODA DA BAHIA: TENGO LEMBA

Ainda pra baiano acostumado a sol, era um inferno aquele calor de outubro em Teresina, até mesmo o pernoite seria difícil, por isso Magno levou a gente de barco a Timon, que fica bem em frente, do outro lado do rio Parnaíba, mas já no Maranhão. Não é nada longe, a gente podia ter ido a pé se existisse a ponte que um malandro oficial começou a construir com o dinheiro oficial dado por outro, mas que não construiu zorra nenhuma, porque lhe deu na telha investir em coisas pessoalmente mais proveitosas, deixando a dita assim, ali, ao léu, aos frangalhos, como esqueleto de corpo que não chegou sequer a nascer.

Bom, avexado ninguém estava, fomos de barco.

Não que Timon fosse menos quente do que Teresina, que Timon é quente da porra em outubro, mas é ali mesmo que fica o bar de Nascimento, onde se come o melhor peixe assado da região com cerveja muito, mas muito bem gelada. Nascimento, ó, Nascimento é grande, grande pra cacete, um mulato com cada braço e perna mais cheios de carne do que gancho de açougue. Em cima, cobrindo boa parte da cara, um bigode estilo vassoura de piaçava; embaixo, mesmo sob uma calça folgada, os contornos de um invejável pra-ti-levo. Ah, sim, o pescoço grosso era atravessado de colares de contas em vários tons de azul, e Magno me explicou que Nascimento era de santo. Ogunjá, pensei logo, deve ser Ogum de guerra. Mas pra Magno eu só disse "pô", assim mesmo, admirado. Eu disse também "boa-tarde", e nos sentamos, no que foi Magno avisando que a gente ia tomar muita cerveja e comer peixe.

Pra isso é que fomos.

Éramos eu, Magno, mais aquela menina que havia acabado de conhecer em Teresina e que tinha cabelinho nas coxas, nos braços, e em tudo que é lugar que se pudesse ver se via a penugem acobreada, na certa por suco de limão, que dava um tesão retado. Ainda por cima estava sem califon, de modo tal que dava perfeitamente para avaliar os peitinhos, e razão pela qual eu disse "chegue mais". Me sentei assim pertinho dela, passei de leve a mão no pelo do braço, mas Magne me fez sinal com os olhos e apontou o dedo pras paredes do bar, onde havia um bocado de avisos. Coisas assim: é proibido agarramento no recinto, não é permitido beijo de língua, cantoria não é bem-vinda, evite ser romântico.

Peraí, eu chiei, mas que porra é essa, qual é, meu rei? É bar ou igreja? E Magno me instruiu que era assim mesmo, que se o indivíduo quisesse comer a melhor peixada, se quisesse provar do incrível matrinxão na brasa, da mais perfeita piratinga no molho, tinha de obedecer, senão Nascimento botava pra fora. Que Nascimento era arrochado, era foda, já tinha até matado gente.

Titirrani, eu falei, sou maluco por peixe de água doce na trempe, e me afastei da menina, que ficou lá com aquele olhar de pedinte e os pelinhos das coxas arrepiados, uma coisa de dar dó. Mas eu disse: Titirrani, vamos beber e comer.

Só que parecia demorada, a comida. A gente tinha chegado cedo, ainda a pino o sol, que agora começava a se esconder. Eu vi muito bem que ainda estava ajeitando o braseiro, mas havia bom aperitivo, quer dizer, muita cerveja gelada, só que como eu estava a fim de homeopatia, matar o calor com calor, pedi uma caipirinha de limão galego com aquela cachaça, a melhor do planeta, segundo Magno.

Não bastava haver a pinga, haver o limão, azar o meu, os dois tinham de ser casados pelas mãos de Ildete, a mulher de Nascimento, que é mulata de busto apojado e balaio grande, desses que parecem pegar no tombo, feito carro enguiçado. Ainda era firme, no tranco, pela aparência. Quem seria homem o bastante pra tomar ousadia com ela?

Não eu, claro, tudo o que desejava era uma caipirinha.

Mas Ildete disse nããão, hoje nããão faço, deste jeito, igual a engraçadinho de televisão quando imita nordestino. E não fazia, Magno explicou, porque estava à beira daqueles dias em que mulher sabida não chega perto de limão, que a regra vem forte. Se eu quisesse cachaça, sim, caipirinha nããão...

Sinha porra, eu pensei. Mas disse oxe, aff, que lugar é este?

Magno me mandou falar mais baixo, Nascimento é taca, tudo mais que eu já estava ficando virado na porra de ouvir, tanto que comuniquei à menina minha vontade doida de dar um cheiro nela, eu ia acabar me invocando com Nascimento, ao que ela, até então calada, nem mesmo o nome tinha dito, nem parecia ter algum, respondeu com convicção: "Isfacilite qui isfalece...".

Dialeto obscuro, conselho claro. A moça parecia informada sobre Nascimento e, ainda por cima, havia a cara confirmativa de Magno. Facilitar pra quê, falecer por quê? Eu disse tá, mas também já não sabia bem o que mais dizer, porque tinha sido muita a cerveja até então, embora eu só me desse conta disso pelo adiantado da hora, que se via não em relógio, relógio não havia, mas no escuro em que tudo começava a ficar, apesar de ainda se poder avistar uma nesga de sol no horizonte. Já de noitinha, sim, havia passado depressa o tempo, outras pessoas aboletavam-se nos assentos à espera de comida, eu não tinha percebido sequer o matrinxão assado à minha frente. A roxinha me cutucou com a ponta do garfo, eu logo caí matando no prato, e estava bom, mas bom pra cacete, o peixe.

Terminei rebatendo a comida e a cerveja com conhaque, pinga nem pensar, nem mesmo pura, pois eu já tinha pedido várias vezes, ninguém parecia escutar. Deixei pra lá, já não estava nem um pouco chateado, acho que porque haviam trazido para o salão um papagaio, a menina dos olhos de Nascimento segundo Magno, que era um ás na cantoria. Eu pensei cá comigo: papagaio pode, gente não... Mas neste particular as coisas podiam estar certas, o papagaio era forte no canto lírico. Que coisa, Magno, eu me espantei, mas já Magno me fazia sinal, que todo o lugar estava mergulhado em respeitoso silêncio para escutar o número popular do papagaio: "Estava escrito nas cartas de tarô/ ô, ô!/ Estava escrito nas estrelas...". O bicho parecia uma pessoinha, esgoelava igual a uma cantora de longo gogó, o nome me esqueço.

Que coisa, seu Magno, aff!

Eu me sentia muito bem, tinha até me arrepiado de satisfação quando o papagaio fez aquele "ô, ô". Da mesa onde estávamos, perto da janela, arrisquei uma olhada pro céu, em busca, quem sabe, de um resto de sol, mas no lugar havia agora uma lua grande, cheia por inteiro. Tomei susto, não dava pra entender a passagem do tempo, como é que não vi chegar a noite, assim tão definitiva com luar e tudo? Falei pro Magno que foi ótimo, mas estava na hora de cruzar o rio de volta a Teresina, porque eu me achava mais do que carente de um descanso em cama de hotel, se é que haveria descanso possível com a roxa-morena de plantão. Seja como fosse, eu ia me levantando, quando a moça falou pela segunda vez naquele tempo todo: "Seu Nascimento tá pastorando a gente...".

Pastorando? Ah, eu me retei: Eu sou lá algum boi pra ser pastoreado? Eu venho aqui comer e beber, e esse indivíduo fica na minha intenção?, perguntei a Magno. Àquela altura, eu já não sabia mais o que era alto ou baixo, e a voz ressoou no salão, nas mesas todas, até aos ouvidos de Nascimento. Ele se enfezou, lançou um olhar mau, mas mau da peste, pro meu lado e começou a caminhar na direção da gente. Magno praguejou baixinho, a roxinha disse "ai, Jesus", eu admito que me deu um calafrio.

Cagaço também não, amizade, calafrio!

Nascimento ficava cada vez maior à medida que se aproximava, parecia mesmo forte pra dedéu, na frente dele a gente era meia-foda. Caminhava que nem banana mole, mas eram de impressionar o volume dos músculos, o tamanho das mãos.

Tô lenhado, pensei.

Aí, aconteceu. De repente, sem mais nem menos, acho que a raiva, porque ele estava todo vermelho, onde já se viu mulato vermelho, ou foi mesmo a sina daquele dia, fato é que Nascimento, já perto, deu um soluço, rolou o olho e recebeu uma entidade. Eu cheguei a chiar de alívio e salvei: "Patacori!!!"

Ele não deu sinal de ter ouvido nada, continuou a se agitar, agora já bufando em cima da gente, mas de olhos fechados, balançando os ombros. Eu ia dizer de novo qualquer coisa, quando Magno, ajudado por Ildete, que havia acorrido da cozinha, chegou a tempo de me tapar a boca, explicando baixinho que não era essa a maneira correta de salvar, que Nascimento não era de Ogunjá coisa nenhuma, Nascimento recebia Ogum Marinho, um caboclo.

E a menina, a minha roxa-morena, resolveu falar pela quarta vez: "Não se bula!".

Sou baiano, sim, mas minha Casa é de jeje, sou ignorante em assunto de caboclo.

Sou também curioso, queria aprender, mas Magno me fez ficar calado com um olhar meio mau, meio suplicante. E eu fechei a boca, porque já havia muita gente ao redor, olhando, e só então eu percebi que a atmosfera estava multo séria, que era coisa de se fechar o bico. Minha roxinha estava coberta de razão: ali, quem facilita, falece. Mas foi ali que ela, sentindo o meu desassossego, querendo a minha tranquilidade pra eu não vir a ter qualquer faniquito depois, encostou de leve a coxa dela na minha e me explicou, solícita, que o bar de Nascimento podia virar terreiro. Tengo Lemba era o nome, terreiro de caboclo.

Magno agora era outro, parecia ter força de raiz, entusiasmado. Era evidente que ele estava muito à vontade no terreiro. Gritou "mureta!", Ildete veio prontamente se postar na frente dele, como se fosse uma auxiliar. Ele começou a puxar cantiga, acompanhado por alguns: "Ogum dicê / E de amoracê / Vira tatá / Vira munganga ê / E um xetuá...". Ao que Nascimento, aliás Ogum Marinho, entoou com voz de trovão: "Tava no mato / Tava no mato escondidinho / Tava no mato abaixadinho/ Você me chamou / Tava no mato, aqui estou...".

Todo mundo passou a cantar. E, quando digo todo mundo, quero dizer um salão lotado de gente, porque olhando pra trás de mim pude ver que se havia formado uma pequena multidão com um povo vindo não sei de onde, assim tão de repente, ainda mais que o bar de Nascimento fica um tanto isolado, na beira do rio. Mas dúvida não havia quanto à devoção, ali todo mundo zelava por caboclo, Ogum Marinho era rei.

E rei manda, rei faz o que bem entende. Pois não é que nas mãos de Ildete havia agora aparecido, como que por encanto, uma linda garrafa de pinga, a mesma de quem se diziam maravilhas e que eu não conseguira sequer provar? Ogum

Marinho era o rei: arrebatou a garrafa, tirou a rolha com os dentes e começou a entornar cachaça no próprio ouvido. Ouvi palmas por parte do público, gritos entusiasmados de "vira tatá"! Alguém comentou baixinho atrás de mim: "Caboclo de muito fundamento não bebe pela boca...".

Aff, refleti.

Ogum Marinho agora dançava em passos largos e velozes pelo salão, as mãos nuas simulando o movimento da espada. Antes de esvaziar todo o conteúdo da garrafa no ouvido, havia colocado uma dose generosa na vasilha de lata que lhe foi passada por Ildete, sempre secundada por Magno. A vasilha foi posta no chão, e eu já me perguntava por que, quando ouvi partir do canto da sala, lá de baixo, um vozeirão: "Tava no mato / Tava no mato escondidinho / Tava no mato abaixadinho/ Você me chamou / Tava no mato, aqui estou..."

Era o papagaio.

Oxe, eu disse, nunca vi. Todos abriram passagem quando o bichinho chegou cantando igual a Nascimento, quer dizer, a Ogum Marinho. Veio rápido, direto até a vasilha, lambeu toda a pinga e saiu pelo salão empenado para o lado, como barco que vai adernar. Me veio um sentimento de revolta: vá lá que o encantado, o caboclo, goze de privilégios, mereça a cachaça, que ali parecia vinho de missa, mas bicho de pena.... No entanto, as pessoas batiam palmas, incentivando o papagaio, e ele rodopiava, cantando coisas que eu já não ouvia muito bem. "Nunca vi...", já me vinha de novo o espanto, quando a roxinha me apertou o braço, olhou bem dentro dos meus olhos e sentenciou: "Assim cuma é a gente, é também a criatura...".

Aff, pensei, agora até filosofia eu tenho de aguentar. Bom, e teologia também, porque Magno havia se reaproximado de mim, bem mais calmo, mas com ares de demanda: "Pensando bem, tem alguma coisa errada aqui hoje. Ogum Marinho é entidade das águas, não devia ter vindo do mato...". Não terminou a frase, porque lá do fundo da sala, da altura do rodapé de madeira, chegou até nós a cantiga berrada do papagaio: "Aqui tem gente que não acredita / Aqui tem gente que não acredita / Eu vou soltar o meu sultão!" No que Ogum Marinho virou-se de repente, abriu um olho e deu uma olhada de Nascimento pra cima de Magno.

Era a minha vez de aconselhar. Disse pro Magno que, apesar da autoridade dele, não era hora nem lugar pra se discutir fundamento. Era hora de tomar um chá-de-se-pique, e foi o que terminamos fazendo, sem maiores transtornos, sem esquecer de pagar certinho a conta a Ildete.

Lá fora, o luar cobria o Parnaíba como uma colcha branca, o que me fez pensar na cama larga do hotel, o que me tornou ainda mais ciente da presença da roxinha. "Não demora a amanhecer", disse Magno, e isto muito me espantou, porque me deu na telha que o tempo ali era tão enganoso como as correntes do rio, que o tempo, como qualquer encantado, vive brincando com a gente.

A canoa em que tínhamos vindo continuava amarrada na estaca, pronta para o retorno. Do Tengo Lemba vinha o som animado de um samba de roda. "É o xirê...", pontuou Magno em tom pesaroso, como quem gostaria de estar presente. Eu disse "ó!", sentido, mas só pra fazer coro, porque estava com muito sono, dando uma última espiada na paisagem, mais precisamente uma casinha perto do bar, pra onde olhava agora a moça, atracada em mim, uma ostra no meu casco. Explicou, pelo que deu pra entender, que ali morava um tio seu, criador de galinhas. E era mais do que coerente o parentesco, pensei, lendo o anúncio pintado na parede: "vende frango-se".

Mas quem quer dar uma de porreta da língua quando tem uma coxa daquelas, com cabelinho e tudo, fazendo pressão? Não eu, por certo. Depois, a roxinha definitivamente enternecida, a canoa já deslizando na travessia, agora recitava, sempre olhando fundo nos meus olhos, um poeta local: "As margens do Parnaíba / Rio abaixo / Rio arriba..."

Aff!

AL DENTE

Você chega à casa de Mirinho e vai logo notando os dentes. Casa, modo de dizer: é abrigo, um barraco no meio de um depósito de ferro-velho em São Gonçalo, mas, enfim, ali reside Mirinho. Na entrada, Tarzã, um cachorro velho, gordo, de cor indefinida, já sem ânimo para latidos, hesita entre dormitar e espiar melancolicamente os recém-chegados.

Quanto aos dentes, espalham-se nos tijolos vazados que fazem as vezes de prateleira junto à porta da frente. São grandes, brilhantes, sem marcas — como essas presas que servem para índio fazer arte ou para artes de coleção. Você não pode deixar de pensar que aquilo é assunto de bicho do mato, que mordida sairia dali, fantasias tais. Mas a maioria dos dentes veio mesmo da boca de Mirinho.

Aí você diz, como pode? Um homem tão pequeno? Mirinho é de fato um caganeta, isso, baixo e atarracado. Só que tem dentes fortes, sempre teve, pelo menos. Eram razão de orgulho, desde menino. Cana, por exemplo: descascava, torava, chupava com presteza de máquina. Osso de boi não era nada, Mirinho chegava rápido ao tutano.

Uma foto serve de prova. E velha, amarelecida, mas ele se distingue muito bem no centro de um grupo, que o olha com a maior admiração deste mundo. O pai, a mãe, o irmão, o padrinho, um violão ao fundo. Todos sorriem maravilhados com o instante eternizado em que Mirinho exibe-se de boca cheia depois de haver triturado algo cuja memória nem a foto nem o próprio Mirinho conseguem reter, mas que era na certa motivo de façanha, de comentário prolongado. Pode ter sido qualquer coisa muito dura, talvez a carne-seca de muitos dias, que nem faca muito afiada tinha sido capaz de cortar.

Carne-seca era coisa importante na roça, Mirinho gosta de lembrar. O pai saía para a lavoura, às cinco da manhã, com uma garrafa de pinga, um pedaço de carne-seca e farinha na sacola. Meio-dia, garrafa pela metade, ele mastigava a carne com farinha, rebatia com pinga e retomava a enxada. Parava às cinco da tarde, voltava para casa, garrafa vazia. Fim de semana, às vezes em meio a modas de viola, calhava de descobrir-se um naco de carne, duro como pedra, esquecido no fundo da farinha. Só os dentes de Mirinho conseguiam fazer honra ao achado, às vezes amenizado pela mãe com pedaços de toucinho. Do pai vinha nessas ocasiões um resmungo divertido. Mas o padrinho dizia coisa mais séria: "Não é pra menos, um filho de Ogum...".

Bem, ali na roça ninguém admitia que zelasse por santo de candomblé. O padre não queria nem ouvir falar, a gente branca dizia "te esconjuro", de maneira que a gente preta evitava o desgosto dos outros, não falava nesse assunto, beijava a mão do padre. Mas o padrinho proclamava o santo de cada um. Mirinho, afilhado predileto, era de Ogum, ponto.

O padrinho era seu França, um cafuzo alto e de porte atlético, conhecido na região pelo pavio curto e pelas tropelias em dias de festa na cidade. Mais de uma vez seu França entrou, bêbado, em cima de um cavalo, bar adentro, pistola na mão. Mais de um inimigo seu havia tido fim suspeito: pescoço quebrado a caminho de casa, bala perdida durante uma caçada. Ninguém, ninguém mesmo, metia-se com ele, e todos sabiam que seu França vivia na lei do santo, que até mesmo era dado a comer carne de cachorro. Devia ser filho de Ogum — especulava-se.

Saber de fato, não se sabia, porque ninguém tinha tutano para fazer perguntas indiscretas. Mas seu França não escondia um lado emotivo, que aparecia com frequência na defesa dos amigos ou na amizade à família de Mirinho, sabe-se lá por que motivos. Como tocasse um pouco de cavaquinho, gostava de fazer dupla com o afilhado ao violão. Demonstrava em público enorme afeto por Mirinho, que por sua vez procurava agradá-lo, aceitando a dijina de Ogum. O padrinho falou, estava falado.

Foi Mirinho o primeiro da família a se mudar para a cidade grande, para Niterói. Como Ogum, um desbravador, de violão em punho: não tinha o gosto do pai pelo roçado, você sabe, mas era imbatível nas seis cordas do instrumento. Acompanhava até voo de mosquito, dizia-se. Se permaneceu pobre, se o artista viveu sempre próximo ao modo de vida da roça, foi por arte do destino. Mas tornou-se muito conhecido nas serestas, rodas de choro e pequenos restaurantes animados por conjunto musical.

Num desses lugares, onde amealhava o suficiente para comer, Mirinho recebeu uma noite a notícia da morte do padrinho. Dele só sabia de vez em quando, ora de uma briga, ora de uma bebedeira monumental, ora de sua fama crescente no candomblé. Dizia-se que ele passara a exigir que lhe tomassem a bênção, que praticava ritos até mesmo na vizinhança da igreja e dera pra comer cachorro abertamente às segundas-feiras.

Agora, gente da roça vinha contar que o velho França fora assassinado a tiros por desconhecidos numa festa de largo. Contou mais: tornara-se cada vez mais violento e brigão, acumulando uma legião de inimigos em meio às farras e às rixas. E, pior, fora ficando cada vez menos arisco, mais descuidado com as sombras e as costas. Deu no que deu.

Àquela altura da vida, Mirinho já havia passado por perda de mãe, pai, um irmão e até mesmo um filho, mas sentiu aperto forte no coração ao saber do padrinho. Ele o incentivava desde menino. Depois, dera-lhe o violão, a passagem para a cidade grande e algum dinheiro para os primeiros tempos. Todos o temiam, Mirinho o amava como a um segundo pai. E na noite em que soube do ocorrido, disfarçando as lágrimas; puxou ao violão os sambas favoritos do falecido.

Desgraça às vezes se acumula para o pobre como dinheiro em mãos de gente rica: o sujeito não precisa fazer nada, cresce o montão, como uma pedra que role e, contrariando o provérbio, crie limo. Mirinho remava em maré de má-sorte, quando tomou conhecimento da morte de seu França. Talvez por isso, por simples vontade de desabafar, andou contando histórias sobre o tempo da roça e sobre como era antigo e valioso o violão dado pelo padrinho. Quem só lhe admirava o talento musical passou a apreciar também o instrumento, e este pequeno detalhe acabou trazendo mais limo para a pedra da desdita.

Assim foi que, pouco tempo depois, ao deixar numa madrugada o botequim em que tocava, viu-se seguido pelo sujeitinho deslambido que se aproximara dele para blasonar o violão. Bem, não exatamente um "sujeitinho" em matéria de tamanho: era um branco alto e musculoso, com o rosto marcado por acne, vestido de jeans e camiseta de atleta.

Mirinho, você já sabe, tem porte desvantajoso e jamais brigou na vida. A princípio não lhe ocorreu sequer a hipótese de um assalto, porque isto nunca lhe tinha acontecido e também porque sabia não ter aspecto de alguém que valesse a pena roubar. Parou e esperou o outro porque, na rua deserta àquela hora e com aquela acossa persistente, correr não fazia sentido — além do fato de que não tinha fôlego para corridas. De perto, em meio às sombras da rua, o sujeitinho lhe pareceu ainda maior do que antes. E disse logo a que vinha, queria o violão.

Claro, Mirinho sabia que o instrumento valia algum dinheiro — era espanhol, de madeira perfumada, muito bem conservado e com uma sonoridade rara. Mas até então jamais lhe tinha vindo à cabeça que alguém poderia tentar tomar a sua ferramenta de trabalho na marra. Não se arrebata o ganha-pão de um homem desse jeito, com sorriso de deboche e a arrogância de quem, mesmo desarmado, não espera resistência nenhuma. Não, ele não era páreo para aquele sujeitinho enorme, mas respondeu sem pestanejar que não entregaria o violão.

Dito, feito. Depois de encostar na parede o objeto da cobiça, agarrou-se ao assaltante, que já lhe despejava uma saraivada de socos. Mirinho jamais teria imaginado que a mão de alguém pudesse equivaler a um martelo, tal era o efeito de cada golpe em seu corpo. Viu logo que sua única chance era ficar colado ao outro, para atenuar os impactos. Mas esta era uma posição difícil de manter; devido à grande diferença de tamanho, sua cabeça mal chegava ao peito do atacante. De repente inspirado, atracou as duas pernas do sujeitinho e puxou-as para a frente ao mesmo tempo que lhe empurrava a barriga com a cabeça. Foram ambos ao solo, mas a sua situação parecia agora ainda mais aflitiva, porque o assaltante lhe aplicara uma tesoura fortíssima na altura dos rins enquanto mantinha as mãos livres para desfechar murros arrasadores. Sentindo que poderia perder os sentidos a qualquer momento, Mirinho grudou o rosto no peito do outro, tentando proteger-se com mãos e braços cerrados.

Aí, no auge do desespero, ouviu a voz do padrinho. A princípio julgou que fosse alucinação, tipo de coisa capaz de acometer os que estão à beira da morte ou do desfalecimento. Mas ele sentia-se bem consciente, de modo que dava para escutar com clareza a voz sussurrada de seu França — era dele mesmo, inconfundível o tom rouquenho e categórico do homem. Dizia: "O dente, Mirinho, aplica o dente no peito".

Num aperto desses, não se faz pergunta nem se pensa muito. Partisse de gente viva ou de fantasma, o conselho parecia dos melhores, era para ser aplicado de imediato. E assim fez

Mirinho: num arreganho de ânimo, escanchou a mandíbula e cravou toda a dentadura no peitoral do adversário. Ou peitorais, talvez seja melhor dizer, você entende, são vários os músculos da parte externa do tórax. Em segundos, ele experimentou mais de um, rasgando com os caninos, até fixar-se na área dos mamilos, onde concentrou forças, mais ou menos como fazia ao triturar caroço de azeitona, para divertir os amigos. De repente, vinha-lhe a convicção de que sua tática poderia funcionar: esgotar o outro pela dor inesperada. Dos tempos de roça, vinha-lhe o flagrante de um cavalo de carga, os peitorais relaxados depois de um grande esforço, caindo. O bicho ficara aberto dos peitos, alguém explicou.

Agora mordendo e cansando de morder, Mirinho percebia que gente pode ser pior do que cavalo em matéria de peitaria. Apesar das feições excruciadas pela dor, o assaltante não parecia cansado e continuava tentando atingi-lo, embora isto já não adiantasse muito porque, com a distância muito reduzida, os socos apenas raspavam a base da cabeça. Sangue e fragmentos de tecido humano misturavam-se na boca de Mirinho, dando a sensação de experimentar chã-de-fora. Era a carne dura, mais barata, dos seus tempos de roça: sabia lidar com ela.

O pior de tudo não eram os golpes, mas a resistência do ladrão, que minava as forças de Mirinho e o fazia querer desistir, entregar os pontos e o violão. Isto esteve para ocorrer por duas vezes, e nas duas retornava aos ouvidos do afilhado o incentivo rouquenho do padrinho: "Os dentes, meu filho, aplica os dentes!". E assim foram as presas rasgando músculo, abrindo caminho, com tal ferocidade e presteza que sumiram mamilo e epiderme do peito direito do assaltante, finalmente enfraquecido pela dor e pela perda de sangue. Socos, não mais.

Cambaleante, mas de pé, Mirinho lançou um último olhar ao sujeitinho prostrado na terra, inspecionou os estragos em sua própria roupa, apanhou o violão e pôs-se a caminho de casa. Tinha dado apenas alguns passos quando ouviu de novo a voz inconfundível de seu França: "Muito bem, meu filho, mas quero comer o cachorro como prêmio". Agora um pouco mais sobressaltado do que antes, Mirinho procurou convencer-se de que estava tendo alucinações e tratou de afastar-se rapidamente dali.

Do assaltante, não teve mais nenhuma notícia. Durante alguns dias voltava para casa acompanhado de amigos, só por cautela. E, veja você, durante esses mesmos dias, ainda tirava dos dentes, com o auxílio de palitos, fragmentos de gordura do peito do sujeitinho. Faziam lembrar, ressalvado o nojo, as migalhas de toucinho com que sua mãe recobria no passado os nacos de carne endurecida na farinha. Terminou tirando da cabeça o brancoso, convicto de que este não gostaria de enfrentá-lo uma vez mais.

Só não dava pra tirar o seu França. Não, não era mais nenhuma voz aos seus ouvidos. Em sonho, o padrinho aparecia-lhe agora todas as noites, sempre pedindo cachorro. Uma mãe de santo foi taxativa: o Ogum do falecido queria comer cachorro, e não poderia ser qualquer um, queria Tarzã. E mais, o falecido estava sendo bastante razoável, porque poderia ter exigido, como manda o preceito, sete cachorros — um de casa, seis da rua. Queria apenas o de casa. Mirinho estava sendo intimado a consentir no sacrifício e mesmo dele participar, comendo um pedaço da carne, oferecendo: "Aqui está a cabeça do bicho de quatro pés, agora deixe a minha em paz".

Mirinho, importante que você saiba, é homem de paladar aberto. Come gato, cobra, gambá, calango, caxinguelê, até mesmo bichinhos da roça de que você nunca ouviria falar na cidade. Mas é homem de princípios fechados, um dos quais é respeitar cachorro. E o melhor amigo do homem, diz e repete, por isso recusou-se a acolher a cisma do padrinho. E logo com o seu animal de estimação, companheiro de longa data!

Tarzã continuou vivo, seu França ainda levou um bom tempo repetindo nos sonhos do afilhado a exigência desaceita, até ser afastado por trabalhos encomendados a um cambono afamado. No final, fazia horríveis caretas, que atormentavam as madrugadas de Mirinho. Mas este se manteve irredutível: não sacrificaria nunca bicho tão fiel, que já se acabava por velhice.

Tudo poderia ter terminado aí, não fosse o egum — como o cambono se referia ao espírito do morto — seu França. Neste mundo ou no outro, não era figura que se pudesse despachar sem mais nem menos. Em qualquer deles, um filho de Ogum guarda o mau-humor, o temperamento belicoso.

Que o espírito do padrinho ficou ofendido com o afilhado, é opinião geral — da mãe de santo, do cambono, dos que sabem da história. Não há outra explicação para o que vem acontecendo aos dentes de Mirinho e Tarzã: caem lenta, mas inexoravelmente, um depois do outro. E Mirinho agora os expõe, como troféus da desgraça, na vaza dos tijolos que lhe servem de prateleira. Misturados, fica difícil saber o que é de homem, o que é de cachorro.

É difícil, absurdo, sim, mas veja você, esse povo de Ogum vive amolando a faca, perdão não entra no facilitário.

VERMELHO HAVANA

Entre Malecón e o Porto da Barra há um oceano. A diferença é que não ficava lá muito clara para Pedro, ao contemplar a grande avenida litorânea. Principalmente depois de ter conhecido a parte antiga da cidade, não podia deixar de perceber as afinidades entre Havana e Salvador-Bahia. Não apenas as casas, eram a gente, os gestos, algo de imperceptível, mas presente e afim, no ar.

Entrando no Hotel Tropical, observou o porteiro que olhava para um ponto fixo além do mar, à frente. "Deve estar sonhando com Miami", imaginou. Do outro lado do mar, a cidade americana guarda seduções e prováveis parentes emigrados.

Pedro subiu ao quarto, tomou banho, vestiu calça e camisa brancas, calçou sapatos de couro branco bem polido e dispôs-se a aguardar o telefonema. Daí a pouco deveriam vir buscá-lo para um tipo de festa a que nunca assistira, uma festa de candomblé.

Santeria, Lucumi, Regla de Oxa, vários são os nomes para os cultos de origem africana em Cuba, mas para Pedro tanto fazia um ou outro, porque não era afeito a coisas religiosas, mesmo levando-se em conta a simpatia que pudesse demonstrar pelas crenças populares. Para efeito externo, já não as chamava mais, como um velho militante, de ópio do povo, mas no íntimo mantinha a descrença e a reserva frente a qualquer coisa que lhe parecesse mística. Cultivara uma mística, sim, a da revolução dos danados da Terra, e até mesmo essa já se lhe havia apagado no espírito. Ainda por cima, irritava-o muito que às vezes lhe dissessem: "Mas logo você, um negro baiano... deveria conhecer pelo menos o candomblé!".

Não conhecia, nada sabia dessa história de vodus ou orixás. Assistir pela primeira vez a culto desses em Cuba soava-lhe curioso, mas compreensível. As coisas muito mudaram desde o fracasso histórico do materialismo histórico, ruiu-se o império socialista, abalaram-se as esperanças de um resgate moral do mundo e uma nova verborragia pedia passagem. Globalismo, multiculturalismo, outras eram as palavras de ordem apoiadas por agências mundiais, e Pedro trabalhava para uma organização não governamental. Achava-se em Havana para um congresso sobre planejamento cultural.

Por isso não hesitou em aceitar o convite do colega da França para visitar um candomblé local. O francês, versado em temas esotéricos, tinha em Havana um amigo antropólogo, que parecia conhecer muito do assunto. Mostrara-lhe como essas crenças politeístas de origem africana, na verdade religiões de comunidade e sem pretensões universais, faziam do indivíduo um lugar sagrado, herdeiro de certos traços divinos e ancestrais. Falara das doenças e dos curadores. E tentara explicar aspectos de certos rituais que costumam atemorizar os cristãos e a fornecer material para os filmes de terror americanos: o sangue é fluido vital, por isso o sangue de animais podia ser oferecido a divindades.

Pedro escutou com atenção, evitando discutir sobre os perigos que, a seu modo de ver, rondavam tudo isso. Havia lido os livros que falavam do prestígio do irracionalismo junto ao povo, em especial quando o mundo razoável parece desmoronar. Uma grande crise económica, uma forte desconfiança da verdade da ciência, e as massas fazem aliança com superstições e esoterismos. Ricos e pobres, primeiro e quarto mundos, acabam deixando-se seduzir pelo canto de sereia da magia, essa mesma que um dia terminaria preparando o terreno para ditadores enlouquecidos.

Coisas assim estavam presentes em seu espírito, quando o telefone tocou. Mas estava convencido de que já era tempo de fazer algum contato com as ditas expressões da cultura popular que mobilizavam gente branca e negra de tantos países. Daí a instantes encontrava-se num táxi ao lado do francês, que também trajava roupa branca e não parava de explicar coisas — África, Europa, o mundo. O percurso era longo: rumavam para Varadero, muito longe de Malecón e dos eflúvios de Miami. Mas ainda era como se estivessem em território baiano.

O francês dera uma pausa nas explicações, mas se mostrava sempre muito animado, agora tentando cantarolar em espanhol. A canção remontava à infância de Pedro, falava de um negro que se gabava de ser o "más guapetón" de Havana. "Yo soy el más cumbanchero que se pasea por Malecón" entoaram os dois em uníssono. A letra era maliciosa, obra-prima da sacanagem cubana e ficava engraçada na interpretação enrolada do francês.

Pedro começara a animar-se também, quando sentiu uma certa umidade na região da pélvis. Pensou, entre divertido e chateado, que a velhice poderia estar lhe mandando algum recado pela próstata. Mas terminou ponderando que na certa havia se molhado ao usar a toalete, pouco antes de deixar o hotel. Como não queria arriscar-se a um vexame frente a estranhos, pediu ao motorista para fazer uma parada num bar qualquer, onde houvesse banheiro. E foi lá que, inspecionando—se, descobriu sangue na cueca.

Em muito pouco tempo, tentava descobrir uma parte limpa em meio ao sangue. Algo de muito inquietante se passava, talvez uma veia que se houvesse rompido, porque a mancha era cada vez mais intensa. Dor não havia, apenas o fluxo esquerdo e peguento do vermelho. Retornou preocupado ao táxi e contou ao colega o que ocorria. O francês não hesitou: levou-o até um telefone público, de onde entraram em contato com um pronto-socorro.

As calças de Pedro estavam agora ensopadas de sangue. Dependuradas, porém, no cabide do hospital onde um médico e uma enfermeira haviam lhe dado um banho e começado a procurar meticulosamente o ponto de sangramento. Um tanto assustado, um tanto constrangido pela presença da bela mulata que era a enfermeira, Pedro não podia deixar de intimamente louvar a eficiência do serviço médico. Que o povo estava comendo mal, era visível nas aparências, nas queixas esparsas ou entreouvidas. As dificuldades internas e externas do país suscitavam dúvidas quanto ao destino daquela gente zelosa de uma modernidade sem garantia de futuro. No entanto, nada disso parecia abalar os cuidados com educação e saúde. Hospitais e escolas pareciam funcionar muito bem.

"Aquilo era o bom resultado de um investimento racional", pensou. E não pôde deixar de pensar no contraste que deveria haver entre aquele ambiente e o outro para onde se dirigia naquela noite. Lembrava-se bem do que lhe havia explicado o francês: doença, para os cultos africanos, é uma mensagem do mundo invisível. Pode indicar uma dívida para com um deus ou um ancestral, dívida que torna o homem muito frágil, que tem de ser paga por meio de remédios e rituais.

Quanto aos primeiros, Pedro não tinha dúvidas. Rituais, porém, pareciam-lhe anacronismos, restos de pensamento mágico. Aquele hospital, aquela gente tão bem preparada, não teria certamente nada a ver com o lado obscuro e supersticioso das coisas.

Eram agora dois os médicos no quarto. Juntos com a enfermeira, estavam perplexos por não terem localizado nenhum ponto crítico nem terem podido chegar a qualquer conclusão sobre a origem do sangue, que já manchara todo o calção emprestado a Pedro por um dos médicos. O francês continuava aguardando no corredor, apesar dos recados de Pedro para que o deixasse ali e continuasse.

Num caso desses, mesmo profissionais competentes costumam apelar para o senso comum e simplesmente vigiar o paciente, observando veias e orifícios, atentos também a quaisquer sinais de dor. Às vezes, apelam para um outro colega mais antigo ou mais especializado.

É precisamente o que já haviam concordado em fazer os dois médicos, quando a enfermeira notou que o sangramento estancara. Pedro começava já a sentir-se à vontade, examinado de perto por mulher tão bonita, mas ao entender o que ela dizia sentiu-se verdadeiramente grato. Aquela história toda, apesar da enfermeira, tinha ficado chata. Sangrar sem dor e sem causa em território cubano cheirava-lhe a evento insípido e banal.

Não pôde deixar de registrar o desapontamento dos médicos por deixá-lo sair do hospital sem um diagnóstico. Insistiram para que ficasse sob observação, Pedro recusou-se gentilmente, mas com firmeza. Com um bom motorista, assegurou o francês, ainda haveria tempo para retornar ao hotel, trocar de roupa e assistir a uma parte da festa de candomblé. E foi o que aconteceu. Alguns dólares e uma caixa de sabonetes fizeram o taxista parecer voar pelas ruas de Havana.

Sentia-se vigoroso, confortável, depois dos banhos que tomou no hospital e no hotel. Usava agora calça vermelha, a mesma camisa branca, um sapato de couro marrom e havia aspergido por todo o corpo a loção comprada numa loja de aeroporto no Brasil. Continuava disposto a assistir à cerimônia, por isto mostrava-se muito agradecido e cheio de atenções para com o colega francês, que estivera o tempo inteiro a seu lado. Ao vê-lo apontar de modo brincalhão para a calça vermelha, Pedro também sorriu e disse que, com aquela cor, o sangue podia correr à vontade, ninguém notaria.

A casa de culto ficava perto de Varadero. À porta estavam estacionados alguns automóveis, mais luxuosos ou pelo menos mais conservados do que os que se veem habitualmente nas ruas de Havana. De um deles, com placa diplomática e uma das portas entreaberta, saiu um homem que parecia estar aguardando a chegada de Pedro e seu colega. O francês disse tratar-se do amigo estudioso de cultos de origem africana. Trabalhava como adido cultural em sua embaixada. Conhecia bem a casa e os zeladores de deuses, tinha sido ele o autor do convite para irem ali.

Explicado o atraso, o adido apertou cordialmente a mão de Pedro, fez um comentário vago sobre os hospitais cubanos e disse que o culto já havia começado fazia bastante tempo. Não deu, porém, qualquer sinal de que pretendesse entrar logo com eles na casa. Parecia hesitar em dizer alguma coisa. Mas ante o olhar interrogativo do outro, pigarreou um pouco, mediu bem a Pedro com jeito de conhecedor e disse que, na opinião dele, os recém-chegados não deveriam assistir à cerimônia naquele dia.

Não se chateassem, pediu, não era nada demais, só que por não estarem muito habituados à santeria e devido ao que se passara com Pedro, poderiam impressionar-se além do esperado. Precisou: era uma noitada imprevista, de coisas fortes, com grande sacrifício de bichos. A sangueira, enorme, não parava de escorrer, o chão da sala estava coberto de vermelho.

O CÁGADO NA CARTOLA

— João Changue!

Alguém gritou a distância. Mesmo sem ainda identificar o visitante, ele sabe, pelo jeito como o chamaram, que se trata de trabalho na cidade. Ainda bem. O mar não tinha sido generoso. Durante a noite e a madrugada, João labutara a bordo de uma pequena catraia a motor, mas na rede não ficou mais do que um punhado de tainhas e siris imprestáveis.

Está habituado, porém. Aos cinquenta anos de idade, a maior parte vivida na pesca em Magé, ele conhece bem os caprichos das águas. O resultado deste dia dará apenas para alimentar por pouco tempo a mulher e os três filhos menores. Nada sobrou para vender à peixaria. Dinheiro, João terá de conseguir em terra.

— Changue!

De perto, reconhece Torres, o dono da padaria. Acentuar o "Changue" já basta para lembrá-lo de um compromisso de trabalho. Souza é o verdadeiro sobrenome de João.

Changue é o que lhe acrescentaram desde muitos anos atrás, quando um mágico chinês de nome parecido fez sucesso na cidade. João costuma animar festa de criança como mágico amador, daí o apelido, mais frequente entre clientes ou pessoas da cidade do que entre os colegas de pescaria, embora lhe seja indiferente a alcunha.

— Não vá se esquecer, João Changue, cinco horas em ponto!

Torres é o cliente de hoje. Desde a semana passada havia acertado com ele a animação da festinha de aniversário de um de seus filhos. Sabe que de modo geral aquela raça do comércio, metida a besta, não gosta de preto fazendo artes nas suas casas. Mas também sabe que o procuram por bons motivos. Primeiro, aceita dinheiro pouco. Depois, não bebe, é cuidadoso com as crianças e sempre as deixa fascinadas com suas proezas.

João tem fama de ser pontual e por isto estranha que o comerciante tenha feito uma boa caminhada só para lembrá-lo de um compromisso.

— Não falho com ninguém, seu Torres — diz em tom levemente debicado. — O senhor não precisava se dar ao trabalho de vir até a praia...

— Eu sei, eu sei, João! — apressa-se a responder o dono da padaria, em tom conciliador. — É que hoje vai ser muito especial, eu queria que você soubesse...

— Especial, seu Torres?

— Bem... — começou o outro, animado, com um olhar avaliador — vai estar presente à festa um mágico profissional do Rio de Janeiro, pai de uma das crianças convidadas. Veja quanta honra, senhor Changue, um profissional vem bater palmas em seu espetáculo!

João não se mostra nem um pouco envaidecido com a informação. Repuxa um pouco os lábios como se fosse fazer um muxoxo, mas decide-se por um meio-sorriso e uma provocação esperta:

— Então, acho que vou ganhar alguma coisa mais...

O comerciante esboça um sorriso amarelo, mas não se dá por achado e, enquanto se despede, insiste:

— É uma honra para você, João Changue, o homem é famoso!

A caminho de casa, João reflete sobre o que acaba de se passar. Para ele, tanto faz que alguém de fama possa assistir às "artes", como costuma chamar suas habilidades de mágico amador. E nem gosta de estardalhaço em torno do assunto, porque no fundo não gosta muito dessa sua atividade. Forte em sua vida é a atração pela pesca, apesar das inconstâncias do mar, dos estragos causados pela poluição e da concorrência dos grandes barcos, predadores bem aparelhados. Divertir crianças ou adultos em festinhas não é coisa que combine com o potencial de seus músculos nem com o gosto pelo rechego na mata ou pelo silêncio das madrugadas no mar.

Mas tem de render-se à evidência da renda: as festinhas às vezes compensam mais do que as águas. O que não admite é ficar se explicando sobre as habilidades. Não frequentou escolinha de mágicos nenhuma, não senhor, o que faz é coisa sua, natural, fruto do que chama de esperteza. Quem quiser aprender, que se vire, como ele.

Assim lhe disse para responder, muito tempo atrás, a sua tia Carmita, com quem, mesmo morta, tem dívida eterna. A mãe de João havia morrido cedo. Tia Carmita assumira o lugar quando ele tinha só oito anos e, até falecer de um ataque do coração, cuidou dele como se fosse o mais querido dos filhos. Tinha cinco, com mais de um marido. Mas era como se tivesse dezenas, por ser zeladora de orixá. Nas zonas humildes da cidade, nos arredores, até mesmo em lugares mais distantes, muitos ainda se dizem filhos de santo da Tia Carmita.

Carmita de Ossanim. Assim denominava-se, por ter de frente, na cabeça, a divindade das folhas, dos feitiços e curas com ervas — ganhava a vida como curandeira. O mais comum é que os cavalos desse deus sejam do sexo masculino, porém Carmita tinha força, ainda por cima atribuía a João esse mesmo orixá. E por aí explicava as esquisitices do menino, seu comportamento sonhador na adolescência e a independência cada vez maior, já adulto. Mas principalmente foi ela quem mostrou como ele poderia ganhar dinheiro extra com seu talento de mágico.

À tia, ele deve isto e o amor que recebeu na infância.

Por isso, mesmo arredio à religião, João guarda num quarto separado os objetos sacros de Carmita, cumpre os ritos que ela lhe ensinou, dá de comer ao santo. Mas este é assunto exclusivo: a mulher e os filhos não participam, nem ele quer. O culto é seu segredo, Ossanim é o elo com a tia.

De retorno a casa, peixe frito e uma sesta. No meio da tarde, em frente a um pequeno espelho, prepara-se para o espetáculo. Não foi jamais um tipo bonito: rosto castigado por sol e vento, uma barbela que despenca queixo abaixo, as pernas muito arqueadas. Mas é esguio de tronco e forte de braços. Vestido a caráter, impressiona melhor — calça e camisa brancas, capa verde com contas brancas sobre os ombros e uma velha cartola preta na mão. O peito estufado e a voz empostada desafiam a timidez.

E não há mesmo nenhum sinal de acanhamento quando, pouco antes das cinco horas, ele aperta a campainha na casa do comerciante. Cônscio de seu papel, João o cumpre à risca: é o mágico João Changue em plena função de entretenimento das crianças. Há, claro, um punhado de adultos, entre eles o profissional anunciado pelo dono da casa.

Em meio à algazarra das crianças, puxado com entusiasmo pela esposa do comerciante, João é levado à presença do colega de renome, que ostenta o rótulo artístico de "Mister Mistério". Título afamado, já figurou nos letreiros luminosos de teatros e casas de espetáculos de vários países, também dá nome a um curso de formação de ilusionistas. Antes mesmo de olhar para João, ele se dirige aos presentes, explicando que é o representante brasileiro de uma comissão internacional destinada a restaurar o prestígio da profissão de ilusionista. Grandes danos haviam sido causados por um traidor da classe, um inescrupuloso mágico de palco norte-americano, que revelou em programas de televisão os segredos dos truques principais. No momento, a classe buscava aprimorar as técnicas, criar novos artifícios e, principalmente, encorajar os amadores, instruindo-os, corrigindo-os. Mister Mistério não veio à casa do amigo Torres a trabalho, mas aproveitaria para avaliar os recursos de um amador local.

Visivelmente satisfeito com seu próprio discurso e com os olhares de respeitoso reconhecimento por parte do pequeno público, Mister Mistério volta-se agora para João, examinando-o longamente, com ar de perito.

— Pode me chamar de Lopes, é meu nome de batismo — diz enfim o profissional à guisa de cumprimento e, com uma piscadela cúmplice para a dona da casa: — Afinal, somos colegas...

João Changue fica encabulado, torna-se súbito desconfortável seu traje de amador frente a um ás da grande cidade. Balbucia:

— Quem sou eu... Quem sou eu...

Mister Mistério não pretende, entretanto, deixá-lo pouco à vontade. Já assinalou, com condescendência, a diferença entre o profissional dos palcos e a personagem local. Agora é só ser cordial e simpático:

— Nada disso, meu caro, nada disso! Disseram-me que você é mesmo bom! Onde está o seu equipamento?

Ainda meio sem jeito, João aponta com o olhar para a cartola preta, segura pela aba na mão direita.

— Ah bom, muito bem! — diz Lopes, sorrindo de modo encorajador. — Pelo que vejo, teremos um belo número com coelhos e pombos!

Mas a bonomia não consegue fazer com que o profissional da ilusão esconda inteiramente a sua surpresa com a evidente precariedade de recursos do outro. Certo, há os truques das moedas, das cartas, mas tudo isto depende de velocidade nas mãos, os dedos têm de estar finamente preparados para ser mais rápidos que os olhos do público, e a experiência de Mister Mistério lhe diz que dificilmente as manoplas calejadas desse pescador poderiam realizar proezas de prestidigitação. Além disso, sem o apoio de uma cortina, de um fundo protegido, como tirar coelhos e pombos de uma cartola?

João não se mostra preocupado, apenas um tanto intimidado pela presença muito valorizada do outro. Ainda assim deixa claro que está ali para cumprir uma obrigação, não é homem de deixar de fazer o que deve. Diz tudo isto sem falar, simplesmente levantando um pouco a cartola, exibindo-a, ao mesmo tempo que franze as sobrancelhas. Há um sutil desafio em sua atitude, percebido e acolhido pelo visitante:

— Vamos lá então, João Changue, mostre o que sabe fazer!

O espetáculo deve começar ali mesmo, naquele instante, é o que fica evidente para João. Não é exatamente o que ele pretendia, porque as crianças ainda estão dispersas, ele próprio não teve tempo para se ajeitar num lugar mais confortável. Acha-se no meio da sala de visitas, cercado de adultos curiosos e de olhares entre o simpático e o iónico, sob a batuta de Mister Mistério. Não aprecia o rumo das coisas, mas o fato é que está sendo pago para divertir pessoas, tenham a idade que tiverem. Além disso, algumas crianças começam a chegar à roda já formada, arrebanhadas pelas mães. Decidido, ele apresenta a si mesmo, na terceira pessoa:

— Senhoras e senhores... João Changue!

Alguns caramelos caem do teto sobre as cabeças das crianças, que se precipitam para agarrá-los. Da cadeira onde agora está sentado, ladeado pelos donos da casa, Lopes consegue examinar uma das balas, verifica que se trata de um produto comum e barato, vendido por camelôs nas esquinas. Satisfeito, comenta para Torres:

— Bom! Este truque eu não conheço! Não o vi sequer mexer os braços para lançar as balas!

— Mas ele não se mexeu mesmo, Lopes! — observa Torres, com o ar de quem espera uma explicação técnica.

Sorrindo afetadamente, o profissional responde em tom pausado e pedagógico:

— Um truque desses comporta três possibilidades: ou o ilusionista se movimenta de modo tão rápido que ninguém percebe, ou preparou com antecipação um dispositivo qualquer no ambiente, ou então tem um auxiliar disfarçado.

— Só pode ser a primeira hipótese — diz o comerciante, convicto — pois aqui em casa ele não esteve antes, e auxiliar não tem mesmo!

Lopes deixa de comentar a resposta de Torres, porque neste instante João Changue está começando a tirar moedas dos bolsos e dos narizes das crianças. O alarido é amplo e feliz, há muito riso.

— Ele é ótimo para as crianças — frisa a dona da casa.

— Para gente grande também — acrescenta o marido, pedindo com os olhos a concordância do profissional, mas fazendo ao mesmo tempo uma pequena provocação —, porque eu não consigo sequer imaginar como ele faz...

A frase é interrompida por um gesto de Lopes que, assumindo por instantes a identidade de Mister Mistério, tira uma moeda do nariz do comerciante. Ante o ar de surpresa, sorri e precisa:

— A mão é mais veloz do que o olho, Torres!

O prestidigitador foi rápido e discreto, ninguém chegou a perceber o que se deu, não é sua intenção atrapalhar o número do colega amador. João havia se afastado do centro da roda para incluir na brincadeira algumas crianças que ficaram de fora, no jardim. Agora, todas o cercam, divertidas com suas pequenas proezas e com seu jeito afável. De volta ao centro da roda, ciente das atenções gerais e do escrutínio particular do profissional da cidade, João levanta a cartola com a mão esquerda, com a direita começa a retirar algo lá de dentro, anunciando:

— Senhoras e senhores, vamos saudar as criaturas de Deus!

E todos veem sair da cartola preta um galo avermelhado. Parece de início assustado, mas não se debate quando João o amarra com um barbante a uma perna de cadeira. Todos veem igualmente que a cartola está agora vazia, porque João não se importou de mostrá-la nem se furtou à inspeção que Lopes, com ar sorridente, como se fosse esse o procedimento mais natural do mundo, realizou na cartola e nas roupas do colega.

Novamente de posse da cartola, João Changue retira lá de dentro um cágado. Colocado no chão, o bicho caminha ligeiro na direção das crianças, que saem da frente, entre assustadas e divertidas. O galo canta uma vez, provocando risos.

Estimulado, João começa a extrair da cartola folhas e flores para lançá-las a seu público. Um aroma silvestre toma conta da sala, como se do teto estivesse sendo borrifada sobre as cabeças uma grande quantidade de perfume. O dono do espetáculo sorri, envaidecido, satisfeito com os aplausos de crianças e adultos. Mister Mistério também aplaude. Mecanicamente, porém: está intrigado com o fracasso em seu exame das técnicas do colega amador. Sente-se um espectador tão comum quanto Torres, pois até o momento não conseguia sequer imaginar como os animais puderam sair daquela cartola. E depois, todas aquelas flores, aquele perfume... Bem, claro que ele próprio faria tudo aquilo, e mais, se tivesse os equipamentos adequados, o apoio de comparsas. A questão é que o colega amador só dispõe da cartola... Não há dúvida, aquele amador é bom de fato, e o profissional tem a honestidade de admitir ao comerciante:

— Chega a ser embaraçoso para mim, mas não tenho a menor ideia sobre os truques dele. É tudo simplesmente incompreensível...

— Não lhe disse? Não lhe garanti? — interrompe Torres, entusiasmado. — João Changue poderia ter ido longe, se quisesse. Na cidade grande, estudando com alguém como você, desenvolveria truques fantásticos. Já imaginou este homem com técnicos e equipamentos? Mas você sabe como é... Isto aqui é a roça, João mal sabe assinar o nome...

O profissional assente com a cabeça, sem muita convicção. Tudo ali o intriga, sem que saiba determinar exatamente por quê. Não acha impossível que um amador seja capaz de realizar truques desconhecidos por um profissional. Mas a experiência lhe diz que o galo, o cágado e as plantas não poderiam ter saído da roupa do homem nem de um fundo duplo da cartola, porque a examinou bem e viu que não tinha nenhum recurso desse gênero. Teria de pensar muito sobre aquilo a que acabara de assistir...

— Queira desculpar qualquer coisa, doutor... — João Changue está se despedindo, aperta a mão de Lopes — É coisa da roça, mas diverte os meninos...

Recompondo-se do aturdimento, o profissional confessa ao amador que gostou muito do espetáculo, que espera vê-lo de novo. E reassume a pose de Mister Mistério.

— Só acho que coelhos e pombos sejam mais adequados, sejam mais maleáveis aos equipamentos e à manipulação — diz Lopes, professoral. — É o que costumamos usar nos teatros!

João ouve com atenção, agradece o conselho e, já com o pagamento no bolso, toma o caminho de casa. Passará antes pelo armazém, para saldar dívidas. Na rua, longe da casa do comerciante, solta os animais: não lhe pertencem, não os quer. Sorri ao pensar na perturbação do mágico da cidade grande.

Sim, percebeu o espanto do outro. Na verdade bem menor do que o experimentado por ele próprio, sempre, desde que se soube capaz de fazer essas coisas. Não sabe como nem por que, elas acontecem na hora certa, e pronto. Faz como mandou Tia Carmita, não é bobo de contar a ninguém que nada daquilo é truque, porque aí vai embora a graça do espetáculo, perde-se a companhia das crianças, o dinheirinho... É preciso seguir as regras do jogo, manter as aparências.

Só não vai poder nunca é seguir o conselho de Mister Mistério quanto a coelhos e pombos, que galo e cágado, João Souza sabe muito bem, são bichos do mistério de Ossanim. De qualquer jeito, virão.

DIFERENÇA

Eu ainda estava tentando descansar da sessão com uma administradora de empresa da Zona Sul do Rio e por isso rearrumava, como sempre faço, móveis e objetos de minha sala, deslocando-os milimetricamente dos lugares, ensaiando novos ângulos e combinações e assim desfocando a minha atenção de falas às vezes viscosas, senão paralisantes, como a dessa mulher que administrava negócios e palavras com a exatidão mortífera dos obsessivos, quando o menino entrou. Sem avisar, sem esperar pelo sinal da atendente, o que me surpreendeu e ligeiramente irritou. Mas fiquei calado, aguardando, lembrando-me de que, do pouco que ele havia dito até então, a frase "não sou como as outras pessoas" era a mais constante, a única também que deixava perceber uma certa aflição. Nenhum cumprimento, nem um olhar sequer, foi logo deitando-se no divã cinza de almofadas azuis que assinala a minha posição de filho espiritual do grande mestre vienense, esse que neste século ensinou a gente razoável a dar ouvidos ao diferente, ao estranho, seja no outro, seja na gente mesmo, esse mestre que, além de tudo isso, nos permite ganhar a vida com apreciável decência. Tanto que às vezes nos permitimos não ganhar coisa alguma em matéria de dinheiro, o que era bem o caso com aquele menino ali vindo do Morro, da comunidade onde meu grupo profissional atende de graça gente pobre. Calado, sentei-me, imaginando por que ele haveria tomado desde o primeiro dia a decisão de deitar-se naquele divã, quando eu não lhe havia dito nada de específico, apenas que ficasse à vontade, mas suponho que ele tivesse visto no cinema ou na televisão uma sessão qualquer de terapia ou simplesmente que alguém, sua mãe, a professora, alguém, lhe tivesse instruído a deitar-se, porque era assim que se devia fazer na circunstância. Dever não lhe era verbo nem sentimento estranhos, pois comparecia regularmente às sessões, duas vezes por semana, fazia já dois meses, sem que, no entanto, tivesse ficado muito claro para mim por que a mãe, a professora, vizinhos mesmo, haviam insistido junto à coordenação do meu grupo para que se desse algum tratamento psicológico àquele adolescente nos seus 13 anos, que ali pouco falava, mas se comportava de maneira tão ordenada e dócil, e menos claro ainda porque eu sabia, já tinha apurado, que a sua gente era de umbanda, gente tida em geral como ciosa de seus modos próprios de resolver problemas. "Não sou como as outras pessoas." Talvez fosse isto, talvez lhe causasse espécie ser identificado na escola ou entre os amigos como membro de uma família ligada a culto de origem africana, especialmente agora que se multiplicavam os evangélicos com pregações aterrorizantes contra os deuses negros. A dúvida é porque já o havia sondado, e ele nada, não se mostrara particularmente interessado no assunto, o que me levou a pensar que a questão poderia estar nele mesmo, digo, na cor da pele, posto que era negro retinto, de lábios grossos e a gaforinha cortada bem rente, em suma um negro típico e ainda por cima pobre, razões de muita desvantagem, razões de muito problema para uma criança num mundo onde o mocinho do cinema ou dos comerciais de televisão é invariavelmente branco. Teria de ser algo assim, provindo de um mundo imaginário ou idealizado, já que as "outras pessoas" de sua ambiência real não eram fisicamente tão diferentes. "Não sou como as outras pessoas" poderia significar um pedido de afeto, algo que da parte de um outro suprisse a carência de amor de si mesmo, isso que não sentiria pela imagem própria refletida no espelho da casa ou na luz das telas. Mas logo me perguntei se eu não estaria confundindo o menino comigo mesmo, com minhas patéticas demandas de amor, e assim deixando escapar à atenção os sinais da sua verdade subjetiva, quero dizer, do que para nós, filhos do mestre vienense, é a verdadeira realidade psíquica, esta que pensa a gente sem mostrar que está pensando, que nos sonha sem nenhuma aparência de que dorme. "Não sou" poderia muito bem ser a fórmula mais adequada de apresentar-se por meios e palavras conhecidas essa outra realidade que não dá para se conhecer de maneira direta, mas que nos impõe o tempo todo seu mando, suas leis. Ainda assim, porém, retornava a dúvida, o talvez, porque sabemos perfeitamente, nós, os filhos do Mestre, que essa realidade não nega coisa alguma, de nada duvida, apenas age, juntando, deslocando, que nem criança armando um quebra-cabeça. De maneira que eu me achava sempre na posição inicial, querendo ouvir algo mais do menino, sobre amigos, parentes, e ele resguardado pela repetição, que também poderia querer dizer "sou outro", que sob a pele aparente há outras camadas, outras máscaras a se vestir, ainda mais num menino. Menino abriga todas as possibilidades. Pensando nisto, eu lhe mostrei que somos todos outros, muito diferentes daquilo que pensamos ou que se pensa ser, "eu também não sou como as outras pessoas", frisei. Persistia, apesar de tudo, a frase. E uma certa exasperação minha, que perguntava: "Mas você é como, então, afinal de contas?". Como saber, respeitando o fato de que o menino não conseguia respeitar a regra, a única, a básica, que lhe enunciei, de me dizer o que pensa, tudo que lhe viesse livremente à cabeça? Não conseguia, a bem da verdade, afora as respostas por monossílabos, dizer muito mais do que "não sou como as outras pessoas". Por isso, quando entrou sem ser chamado pela atendente, rompendo com a regularidade de antes, aproveitei a chance para uma provocação, lhe disse que realmente não era naquele instante como os outros, que aguardavam o aviso na sala de espera. Deitado no divã, o menino olhava para o teto, calado, e subitamente pareceu-me que se deslocava para cima. Tirei os óculos do rosto, limpei-o com o lenço e me perguntei primeiro, à maneira de Viena, se eu não desejaria livrar-me do menino, lançando-o metaforicamente pelos ares e, depois, se já não estaria cansado por demais naquele dia, que peças poderia estar me pregando o estresse. E então, recolocando cuidadosamente os óculos, pude ver. Ah, sim, de dentro do conforto da poltrona que também assinala o meu lugar de doutor na ciência do espírito, vi perfeitamente bem que o menino, sempre na horizontal, alçava-se progressivamente do divã, centímetro por centímetro, tornando diferentes a meus olhos os mandamentos da gravidade e da razão do Mestre, até estacionar numa posição situada a cerca de dois metros do chão. Parecia-me aflito, sempre mirando o teto, era a mesma criança aflita, mas que agora introduzia, sombrio, vagamente ameaçador, uma segunda frase: "O senhor ainda não viu nada".

METAFÍSICA DO GALO

Não obstante, já houvera o toque da faca no pescoço da ave quando alguém gritou em advertência que a soltassem. É legorno, disseram, não serve para o santo. O bicho sentiu o frio da lâmina, o calor do arranhão e ademais, ouvindo o grito, debateu-se.

Legorno — assim: esbranquiçado, pescoço liso, sem o porte dos grandes dourados, negros, vermelhos. Mas galo, sem dúvida, e ali estavam as cristas carnudas, as asas largas e curtas, o esporão que confirma o macho. Nem mesmo se poderia dizer galispo ou garnisé, que era de bom tamanho, só que legorno.

À meia-noite, uma ave tresnoitada, sacudida pela mão que a conduz ao sacrifício, ofuscada pela lanterna que outra mão carrega, pode assustar-se ainda mais e evocar o diabo pela barulheira que faz. Nessas ocasiões, há quem lhe fale ao ouvido, quem peça coisas ao santo, conversando com o galo. Com aquele ali não adiantava, era um esporro só. Legorno, ainda por cima. Não serve, há quem discuta, mas também quem tenha certeza: não serve para o santo.

Vida de galo é só canto, bicada e pastoreio de galinhas. Se é raça de briga, pode virar herói na mão de um galista. Em casa de quimbanda, sendo todo preto ou vermelho, são muitas as chances de que termine encruzilhado numa meia-noite em meio a farofa, cachaça e charutos.

Legorno, afora a serventia às fêmeas, é bom de panela.

Depois do contato com o fio da faca, porém, o galo nunca mais foi o mesmo. A princípio arredio, varava cerca e grade, evitando companhia. Voltava a casa quando tudo ficava quieto e teimava em passear pelos quartos, mais atento a gente do que a galinhas.

Um dia, bicou a verruga do dono da casa.

Foi assim que se começou a falar dos seus poderes. Tarde de domingo, ressaca de pinga, o quimbandeiro jazia escarrapachado na cama, deixando à plena mostra a verruga sinistra, preocupante, que lhe crescia no nariz. No posto médico, haviam falado em cirurgia e exames. Mas para ele próprio era coisa feita, desgraça desejada, despique tramado por desafeto competente em malefícios. Aí, vem o galo e extirpa o mal com uma só bicada, sangue quase nenhum, segundo o testemunho espantado da dona da casa, que entrava no quarto naquele exato momento.

É da ordem natural das coisas que o fato se tenha espalhado, que vizinhos tenham acorrido em busca de milagres para outros males, que o quimbandeiro tenha procurado segurar a ave, de olho na administração dos negócios de cura. O comportamento do bicho, entretanto, desencorajava ações serenas. Agora, não só transvoava as barreiras, fugindo à aproximação, como passara a andar a maior em cima de muros, parte do tempo chamando a atenção do povo.

O Mutuá, bairro de São Gonçalo, tem quintais, cercas, terrenos baldios, mas antes de tudo histórias fortes de quimbanda. Ali ainda é possível a um galo tomar as liberdades que tomou o legorno, desafiando quem tentasse agarrá-lo. Fato é que o dono abriu mão de ações mais enérgicas, parte grato pelo episódio da verruga, em parte suspeitoso de que o santo pudesse ter deslocado os nervos do bicho no instante do quase-sacrifício. Até mesmo gente que normalmente cobiça aves deixadas ao léu respeitava o desacerto do legorno.

Quem comeria uma ave na certa transtornada por Exu?

Mas bicho nenhum, ainda que desvairado, foge por inteiro ao destino instalado no seu íntimo. Galo é galo, gosta de ninho no chão, de remexer a terra com unhas fortes atrás de comida, gosta de banho de areia para se livrar dos insetos infiltrados nas penas. O legorno não gostava de nada disso, certo, mas acabou adorando juntar-se, como todos de sua espécie, a uma galinha.

Uma tresmalhada, sem choco, que só dormia no alto das árvores.

De dia, aparecendo alguém, o galo subia no muro, onde se equilibrava, andando, pesquisando vermes; a galinha, embaixo, no pé do muro, à cata de semente e farelo. De noite, empoleirava-se no galho mais alto de um tamarindeiro, ele logo abaixo, vigilante. Nada diziam as pessoas contra o macho, porque havia o peso das virtudes a se celebrar. Mas a fêmea, olhada com desconfiança, passou a ser chamada de galinha maluca, começou-se a especular se já não deveria estar na panela.

Deus, bem sabem os cristãos, condenou os animais à panela da eternidade quando os entregou às mãos dos homens. Lá no Gênese, Ele não deixa por menos: "Sede o medo e o pavor de todos os animais da terra e de todas as aves do céu, como de tudo que se move na terra e de todos os peixes do mar..."

Ou seja, tem vida, se mexe, vira comida fácil, fácil. Por isto há quem possa achar difícil compreender exortações do tipo "baleias e peixes, bendizei ao Senhor! / pássaros do céu, bendizei ao Senhor! / bichos do mato, bendizei ao Senhor!".

Alguns, aqui e ali, escapam: gato e cachorro, por exemplo, esses que se pensa conhecer melhor. Pensa-se, é verdade, pois bicho é mesmo o que não se determina nem se sabe. Bicho é só pensamento e ilusão.

Dos que vivem empariados com os homens, arrisca-se, é muito natural saber mais. Cachorro, reflexo do dono, é todo euforia e latidos. Gato, não, gato é só pulo e silêncio, fiel a si mesmo e ao lugar, de onde seduz os humanos.

De um galináceo, ai dele, não se conhecem afetos. É que nele mais interessa ao homem, no fundo, a morte — seja da prole nos ovos que se comem, seja a carne no prato.

Talvez por isso não se soubesse muito o que fazer com a extravagância do legorno e da galinha maluca. O par esquivava-se às romarias organizadas. Às vezes chegava gente do bairro e, ao pé do muro, tentava obter do galo benefícios milagrosos. Alguns saíam dizendo-se curados, ora de reumatismo, ora de asma, ora de maiores desgraças. Nem sempre pagavam ao dono, que ainda tentava bancar o oráculo, quando já havia perdido em muito o controle das consultas, pela natureza desacertada do galo. O quimbandeiro esforçava-se para tolerar as coisas do jeito que eram.

A galinha é que era cada vez menos tolerada.

Pra começo de conversa, não era d'Angola, essa que o povo de santo chama de conquém. Chama, respeita e tem por quê. Diz o fundamento que certa feita a peste estava matando muita gente numa região. As pessoas foram consultar o doutor em mistério, que mandou que elas pintassem de manchas vermelhas, com o pó da entidade responsável pela geração da vida, uma galinha comum. O ardil manteve a Morte afastada e fez nascer a conquém, por isto forte nas obrigações. Duas delas, sabe todo bom zelador de santo, equivalem a um bicho de quatro pés.

O problema é que a galinha do Mutuá não tinha nada que invocasse o respeito da tradição. Ordinária, sim, sem qualquer marca especial que justificasse a presença ao lado de um prodígio. Conquém, não uma ave amalucada, deveria ter feito companhia ao galo.

Daí, a intolerância. Daí que aturar legorno mandingueiro é uma coisa: tem a força do incomum, a pressão do povo, a possibilidade de ganhos, a tradição africana de honrar os animais. Já a maluquice de uma galinha pode no máximo afetar o choco, nunca a sua carne. E, sendo panela o assunto, o povo de santo, como aliás a cristandade esperta, nada sabe, nem quer saber, daquela quizila imposta no Gênese: "...não comereis a carne com sua alma, isto é, o sangue...".

Por estas e outras, a galinha tresmalhada, sem dono conhecido, foi morta e servida ao molho pardo pela mulher do quimbandeiro. Se fosse d'Angola, pelo menos teriam borrifado água debaixo das asas no instante do sacrifício, como manda a lei do santo. Era pedrês, comum: nenhum rito, nenhuma homenagem.

Ao desaparecimento da fêmea, seguiu-se o do macho. Não por morte, mas por sumiço, melhor, por sonegação. Tornou-se averso à simples visão de humanos, escondendo-se durante o dia no fundo de um monte de pedras, tocos e folhas adjacentes à casa do dono. Era avistado à noite, de vez em quando, andando no muro. Arisco, trépido, legorno.

Mais uma vez, estranheza: onde já se viu galo morar em toca, que nem cobra ou tatu? Quiseram desentocá-lo à força. Em vão. Um vizinho versado em metafísica do oculto veio amenizar as inquietações com a palavra "ádito", a câmara secreta de templos antigos. Ali, ao abrigo de olhares não iniciados, os sacerdotes zelavam por deuses poderosos.

Decidiu-se respeitar o ádito do legorno, deixá-lo em paz. Com o passar do tempo, nem mesmo à noite mais se podia avistá-lo: parecia estar definitivamente enquistado, em jejum absoluto. A toca, já afamada, era objeto de curiosidade e sussurros reverentes da vizinhança.

Mas o olor que se diz exalar das coisas santas não parece existir no universo do galo, por mirífico que seja.

O mau cheiro levou um dia o quimbandeiro a pesquisar o lugar com a enxada. Havia apenas ossos, restos apodrecidos de carne, vermes e penas. Foi tudo cuidadosamente limpo, envolto num pedaço de veludo preto e exibido a quem de direito. Ou seja, à gente que, por viver na lei do santo, sabe das transmutações, sabe da força da matéria tocada pelo Invisível.

Na quimbanda do Mutuá, já é consenso teológico que, mesmo morto, um bicho de pena afeiçoado pelo santo permanece animal de poder. E mais, começa-se a pensar diferente sobre legorno: agora galo galo, quem sabe, em definitivo.

UMA FILHA DE OBÁ

Ao ver entrar a mulher com o filho, Edna pensou: "gente de Oxum...". Mas logo lhe ocorreu que poderia estar deixando levar-se pela roupa, colares e anéis vistosos da recém-chegada. Sorriu por dentro, lembrando-se das recriminações de sua avó, mãe de santo na Bahia: não deveria brincar de adivinhar o santo dos outros. Guiar-se só pelas aparências era brincadeira. E o assunto sempre foi sério, exclusivo de quem sabia mesmo olhar nos búzios.

Um olhador competente tinha revelado a Edna, quando criança, os princípios responsáveis por sua cabeça. Era filha de Obá, a deusa valorosa e forte, capaz de enfrentar divindades tão poderosas como Xangô e Ogum, porém facilmente enganada por Oxum. Em momentos importantes de sua vida sentira-se exatamente assim, valorosa e forte, capaz de grandes desafios. Por isto ficava atenta aos mitos, embora não fosse realmente feita no candomblé. Não vivia a tradição religiosa da família, mas a respeitava e gostava de jogar com pequenos saberes do culto, os ritos sedutores, as identidades míticas. Esse é de Xangô, aquela é de Oxum... brincava de adivinhar.

Jogos impróprios, diria sua avó, mas Edna sabia que ali em São Bernardo, zona industrial da Grande São Paulo, esses pequenos jogos com a liturgia dos negros lhe traziam de volta a família, lhe davam força. E isto é o que sempre busca uma filha de Obá, em especial se vive sozinha, de uma arte masculina, num espaço ainda não conquistado.

Força, sim, para os desafios. Obá, contava sua avó, desafiara Ogum para uma luta. À deusa pouco importava o título atribuído ao deus que empunha a espada — Abixogum, "aquele que nasceu guerreiro". Pouco importava: no combate é que se decide a guerra. Ogum aceitou o repto, mas, precavido, esfregou quiabo no chão, fazendo Obá escorregar no momento da luta. Aproveitando-se da vantagem, dominou a deusa e a possuiu.

Em São Bernardo, Edna não poderia permitir-se qualquer escorregão. Perigoso ali não era exatamente o quiabo, mas o relacionamento com clientes — os alunos e suas mães. Formada em educação física, vivendo de aulas particulares de capoeira, sua fonte de renda eram principalmente crianças. Lidar com elas e com as mães era terreno tão escorregadio quanto o da peleja mítica, sem a compensação do casamento com um deus.

Ela vinha se saindo bem. Tinha um número satisfatório de alunos, que incluía alguns adultos, moças e rapazes, mas as crianças faziam maioria. E naquela hora, quatro da tarde, começavam a chegar, subindo a escada, ao primeiro andar do prédio onde dava aula, num bairro de classe média. A Oxum que acabava de entrar na sala estava trazendo pela primeira vez o filho de dez anos. Como algumas outras mães, sentara-se numa das muitas cadeiras arrumadas ao longo da sala, disposta a assistir aos cânticos e movimentos ritmados dos pequenos capoeiristas.

Edna experimentava toques de berimbau, quando percebeu com o canto do olho a entrada na sala de um homem branco, alto e forte, de cerca de trinta anos de idade, vestido numa roupa de moletom azul e com tênis branco. Reconheceu imediatamente o tipo que já lhe lançara de passagem olhares devorantes, desses que atrevidões costumam dirigir a mulheres na rua.

Aos 28 anos, permanecia solteira por opção. Mesmo em traje de ginástica, camiseta e calça branca fechada por elástico nos tornozelos, chamava a atenção. Mulata, de rosto viçoso, corpo rijo e bem conformado, sabia-se atraente e já conhecera vários homens. Não tinha nada de ingênua nem de militante feminista, mas detestava machões desabusados.

O visitante cabia na carapuça. Não lhe parecia exatamente feio, mas exibia a insolência de um garotão mal-educado. Além do mais, ela já ouvira dizer, era instrutor de jiu-jitsu numa academia daquele mesmo bairro.

Tudo deixava ver que o indivíduo não estava ali por mero seguimento da paquera de rua. A encrenca estampava-se no modo como entrou na sala, sem cumprimentar e com cara de treita.

Encostando o berimbau na parede, ela fez o de praxe:

— Pois não?

— Meu nome é Guga — disse o homem, o mesmo ar de malícia no rosto. —Edna, o meu — rebateu, calma, de novo inquirindo: — O que o senhor deseja?

— Bem, Edna... — o tom era de franco deboche. Eu decidi mostrar às senhoras presentes que perdem tempo e dinheiro colocando os filhos para aprender o que os crioulos chamam de luta. Você vai ter de me provar agora que isto não é embromação!

Surpresa, mas sempre calma:

— O senhor deve estar brincando, não? Mas eu não o conheço, e aqui é o meu lugar de trabalho.

— O problema é que estou falando sério, querida...

Em tom incisivo, ela deitou de si:

— Queira retirar-se, por favor! O senhor veio perturbar e desrespeitar pessoas!

— Ora, ora... nervosinha... vai ver, está naqueles dias...— o deboche era acentuado por trejeitos das mãos. — Então, a capoeira não serve para nada?

— Aqui não é o lugar, nem esta é a hora, senhor! — chispou Edna. — Saia já!

A essa altura, segurando os filhos, algumas da mulheres começaram a protestar em voz alta contra a intromissão abusiva do estranho que se apresentara como Guga. Uma delas, precisamente a que estava indo ali pela primeira vez, advertiu em tom firme:

— O senhor está errado em invadir assim a casa alheia. Saia, como a professora pediu!

—Não se preocupe, madame, claro que vou sair... — respondeu, fingindo seriedade. — Mas antes quero só um beijinho de despedida da professora. Afinal, mulher é para dar carinho, não para dar aulas de luta...

Guga achava-se frente a frente com Edna. Sem intervalo entre a fala e o ato, pôs-lhe as duas mãos nos ombros, girou-a violentamente, atravincou-lhe pelas costas os braços, aproximando o rosto da nuca agora vulnerável ao que ameaçava ser um beijo.

Aturdida, imobilizada, ela se odiou por ter se deixado agarrar daquela maneira. Tudo foi tão rápido, não tinha podido sequer antever a situação agressiva. E, mesmo que tivesse, não era nenhuma lutadora profissional nem contava com a experiência de brigas de rua. Jogava excepcionalmente bem a capoeira, era forte, mas mulher, oriunda da pequena classe média. Detalhes importantes. Primeiro, porque mulher não cultiva desde criança, como o sexo oposto, o gosto por provas de força. Segundo, quanto mais ascende em classe social, menos capaz de lutar se torna.

Menina, Edna assistira de longe, na rua, à briga de uma prostituta com um homem fortíssimo. Depois de receber o primeiro soco, a mulher entrou sem medo na guarda de braços do agressor, acertou-lhe o ouvido com a mão em concha, esperou até que o outro, entontecido, fosse ao chão para quebrar seu nariz com o salto do sapato. É questão de traquejo, de pacto com o mal na hora de bater. Socialmente desclassificada, a puta está mais apta do que a mulher comum a quebrar narizes — e, com eles, o mito da fragilidade feminina.

Disso sabia Edna, mas sem experiência da pancada que fere, a consciência da porrada. Sabia também que na saga de valentia dos capoeiras não pontificava mulher. As de agora aprendiam o jogo mais pelo prazer estético dos gestos, pelo transe da velocidade e da dança, pelo orgulho investido na tradição corporal da gente negra.

De uma coisa, no entanto, tinha plena consciência: estava sendo alvo de uma agressão real. Aquele indivíduo vinha para desmoralizá-la e, quem sabe, arrebatar-lhe alunos. Ela ainda não havia propriamente apanhado, mas se achava em posição vexaminosa, mantida de costas para o agressor e de frente para os olhares atônitos e aflitos das mães das crianças. E ele agora sussurrava-lhe ao ouvido, com voz de tarado:

— A nuca é bonita, professora, mas esta bundinha é demais...

Mulher costuma receber mal os elogios à redondez do traseiro. Edna era exceção, ciente de que suas nádegas empinadas e firmes por efeito de muita ginástica eram harmônicas com o resto do corpo. Podia aceitar um cumprimento. Mas a fala daquele homem, roçando-se nela, ao mesmo tempo agressivo e visivelmente excitado, encheu-a de raiva e vontade de reagir. Sentiu que, embora os braços estivessem firmemente presos, a mão esquerda pendia próxima da pélvis do agressor. Abrindo os dedos em garra, tateou sob o pênis que se avantajara e, uma vez de posse dos testículos, apertou com força. O urro que se seguiu foi tanto de surpresa como de dor. Ele recuou por uma fração de segundo, curvando-se ligeiramente e, por instinto, tentando fechar as pernas para se proteger. Disso ela se aproveitou para soltar-se, virar o corpo de frente para ele e derrubá-lo com uma cabeçada no plexo.

Mas Guga arrastou-a consigo até o chão.

A queda foi lenta e, enquanto desabava, como se dançasse para baixo, Edna pôde pensar que o sucesso do golpe teria sido completo numa roda mais dura de capoeira, mas não numa briga de verdade. Se tivesse batido com a cabeça no queixo do oponente, num movimento rápido de baixo para cima, poderia ter acabado naquele instante com a refrega.

Por falta de experiência e de maldade, perdeu a boa chance.

Nisso consistia a arte, ensinava ela aos adultos. Longe da onipotência técnica, capoeira devia ser a percepção sutil da falha na muralha do outro, a captura do átimo de um desequilíbrio, a reversão da força bruta pela sutileza. Não era só a lição dos mestres, era toda a história dos descendentes de africanos. Penetrar na brecha: falando, trabalhando, cantando, dançando, lutando. Reverter. Esta, a palavra-chave, palavra de ordem. Mas como toda prosa, fácil de dizer, difícil de fazer.

Difícil, sim. Reverter a ordem das coisas é controlar o movimento, assunto de Exu, também pai da luta. Pensar com Exu é ir pra frente e pra trás, ser quente e frio, bom e mau, verdadeiro e falso. Capoeira? Ah, ah! Capoeira é bicho falso, reza a tradição. Cadê, Edna, o tiquinho de maldade, a pontinha da falsidade e do engano, cadê a comida pra Exu? Bom começo o apertão entre as pernas do outro, certo, mas não o bastante para acabar com a demanda.

Arrastada para o chão, ela experimentou a realidade da surra. Recebeu no rosto uma saraivada de tapas fortíssimos antes de conseguir escorar com os dois pés a cintura do atacante e mantê-lo a uma distância parcial. Uma rápida olhada em torno revelou por que a escalada da agressão: a sala estava vazia, as mães haviam debandado com as crias — Obá jamais se deu bem com Oxum. Sem testemunhas, Guga ficava à vontade para despejar raiva.

    Olho no olho, Edna percebeu o arrebatamento do estuprador em potencial. Aquele homem estava acostumado a bater em mulher — e gostava. No ímpeto com que arremessava o punho, na agitação de espírito que lhe marcava o rosto, havia o misto de sexo e violência de todo estuprador. De novo, veio a ela o ânimo da reação. Afrouxando um pouco a pressão do pé direito, que junto com o esquerdo empurrava quadril e cintura, projetou-se de surpresa para a frente, atingindo com o calcanhar o pescoço do outro.

    Num indivíduo muito forte, pancada mediana pode apenas levá-lo a precaver-se e tornar ainda mais difícil a situação do adversário. Foi o que se deu com Guga. Absorvendo o impacto, mas prevenido quanto a novos chutes, forçou para o lado os pés que o afastavam e, num salto, montou sobre o estômago de Edna. Momento de glória para um praticante de luta agarrada, quem fica por baixo é alvo fácil de socos e chaves de braço. E ele logo encaixou uma dessas no braço mais vulnerável. Braço e antebraço esquerdos colhidos numa férrea alavanca, o direito colado ao chão pelo joelho do adversário, Edna sentiu que havia perdido a luta, tudo o que lhe restava era dar com a mão livre três pancadinhas no chão, o humilhante código da rendição.

    Nesse instante, viu o sorriso de triunfo e deboche do desafeto. Alma e corpo, juntos, se disseram que esse era precisamente o estatuto de Guga: não o adversário num jogo viril, e sim o desafeto, o inimigo que viera caçá-la em seu território próprio. Então reconvocou o espírito para não sucumbir. Concentrou-se, reuniu todas as forças no braço, que conseguiu fazer deslizar alguns centímetros para retirar a articulação da alavanca penosa.

Encaixado, embora sem causar a mesma dor insuportável de antes, o golpe passava agora a apertar o meio do antebraço. Assim ela poderia resistir mais algum tempo. Consciente de que a luta tinha chegado a um limite, decidiu que não entregaria os pontos. Ponto de viragem, lembrou-se, era como seu velho professor de química chamava o momento em que uma substância se transforma. Nas pessoas, devia ser o instante em que não há mais retorno, em que se vê de frente o destino. Edna acabava de passar por aí, não se sentia a mesma de antes, súbito convicta de que iria até o fim. Aquele indivíduo estava treinado para embates de ginásio, ela resolveu que o levaria muito além.

— Como é que é, gostosa, desiste? — perguntou ele, arquejante, tentando o gracejo: — Bem que eu preferia estar fazendo outra coisa...

Calada, ela mantinha o braço na defensiva, sentindo o constrangimento poderoso dos músculos do outro, mas também que era capaz de sustentar essa posição. Havia atravessado um limiar, a viragem, agora era outra, corpo e cabeça plenos de Obá, quem sabe. Já estava no chão, pelo menos não poderia mais escorregar em quiabo.

— Cadê a capoeira, crioula? — Guga insistia, zombeteiro, porém cada vez mais ofegante, uma certa indecisão transparente na voz.

Edna sabia que falar era esbanjar forças, mas o impulso da resposta foi automático:

— Tá jogando com a morte, camará.

— Sapatão! Sapatona histérica! — foi tudo o que ele conseguiu dizer, agora visivelmente nervoso, descontrolado.

Precisamente nesse instante, fenda aberta pela hesitação do outro, ela liberou com um puxão o braço direito, levantou a mão e enfiou com força os dedos indicador e mediano nos olhos de Guga. A dor, um susto: aproveitando, ela soltou da alavanca o braço esquerdo, pôs-se rapidamente de cócoras e dali mesmo voou de cabeça contra o rosto do outro.

Cabeça é a parte mais dura do corpo, reza a lenda do jogo. Cabeçada bem dada, sabe todo capoeirista, pode ser fatal. Não era bem este o caso ali, mas claro ficou que o garotão não teria mais o belo nariz de antes, agora amassado e ensanguentado. Grogue, não viu sequer chegar, desta vez na boca, a segunda cabeçada, que lhe amoleceu vários dentes frontais. Mesmo atordoado, reuniu forças para atravessar correndo a sala e, vendo bloqueado o caminho de fuga pela escada, saltou da janela do primeiro andar para a rua. Aos pulos, Edna ganhou os degraus rumo abaixo e perseguiu o desafeto até o botequim em frente, até atrás do balcão. A esta altura, porém, eram muitos os homens para contê-la e resgatar Guga, coberto de sangue e pavor.

— Filho de uma puta!

A imprecação lhe escapou dos lábios, baixinho, quase num sussurro, como se fosse uma avaliação técnica. Atravessando a rua de volta ao prédio, ela mal olhou para a pequena multidão formada, mas entreouviu o comentário:

— É o professor de jujite... Apanhou de mulher!

No meio da manhã seguinte, foi visitada por um detetive do distrito policial do bairro. Era um homem de menos de trinta anos, que a inspecionou com olhar de divertida curiosidade, antes de entregar uma intimação. Guga prestava queixa de lesões corporais.

Edna reprimiu um sorriso. O machão espertamente antecipava-se a qualquer iniciativa dela nesse sentido, mas isso era também, aos olhos de outros machões do bairro, um pedido implícito de proteção: ele não voltaria a incomodar. Chato seria comparecer à delegacia, um constrangimento a mais. Por sorte havia testemunhas, e lhe veio à cabeça em especial a mãe do aluno novo, a única que interpelara com alguma energia o provocador. Falaria com ela.

Sim, queira o deus supremo, Oxum pela primeira vez ajudará Obá.

CHUVA

"Um velho de cócoras vê melhor do que um menino de pé." Foram estas as primeiras palavras que Sugata escutou de um negro. A bem dizer, era a primeira vez na vida que ele via um homem negro. De perto, para ser exato, porque entrevira dois deles certa feita, muito tempo atrás. Criança ainda, logo após o final da Guerra, avistara dois soldados americanos perto da aldeia onde morava, mas seu pai o puxou para dentro de casa, disse-lhe para guardar distância.

Japonês é averso a negro. No fundo, é averso a todo e qualquer ser humano que não seja japonês, mas disfarça. Com negros, disfarça pouco. Sugata jamais precisou experimentar a aversão, simplesmente porque depois daquela ocasião não voltou a ver qualquer crioulo no resto da infância e na adolescência. Quando imigrou para Marília, interior de São Paulo, foi trabalhar no campo. Ali também não havia gente preta por perto.

Até o dia em que comprou o sítio de Anacleto, o único negro proprietário de algum bem na região. Era um indivíduo bastante idoso, com linhas talhadas nos dois lados do rosto, já sem forças e também sem filhos do sexo masculino que o ajudassem no roçado. "Nunca tive bode pra soltar no pasto, só cabritas." As muitas filhas do velho, todas casadas, tinham se mudado dali fazia muito tempo.

Ele falava quase sempre assim, ora interjeição, ora provérbio, o que dificultava o diálogo com gente que via na língua brasileira uma novidade custosa. Talvez fosse este um dos motivos de Shinzenato, dono do sítio vizinho, para não gostar do velho. Coçava a cabeça quando o ouvia falar, ficava nervoso, não escondia a contrariedade.

Mas Sugata simpatizou à primeira vista com Anacleto. As escaras no rosto, herança africana, lhe lembraram marcas de plantio. E o ancião, cônscio do olhar do outro, como que lhe adivinhando o pensamento, disse que negro era terra, que os sulcos na cara eram os mesmos do arado.

Para espanto próprio, o imigrante sentiu-se à vontade junto ao velho. Àquela altura, já havia percebido que paulista era averso a japonês, que em São Paulo japonês pobre era como negro, o que o fez pensar sobre o absurdo das ideias de raça. Sua religião, a mesma cultivada pela mãe, lhe dizia que a maior parte das ideias era uma recusa da vida. Ninguém vê ninguém, ele se disse, um homem vê o outro como quer, não como é; escuta como deseja, não como ouve.

Ainda não falava bem o brasileiro, mas às vezes entendia tudo. Foi o que aconteceu ao conhecer Anacleto. Por simpatia, quem sabe, compreendeu no instante mesmo em que foi apresentado o que ele queria dizer com o provérbio do velho que vê melhor do que o menino. Era a sua resposta ao argumento de que o cultivo daquelas terras não parecia ter futuro. Tinha, sim, insistiu, e podia ver isso bem melhor do que um menino de vinte e poucos anos chamado Sugata.

E o jovem compreendeu bem, porque, de algum modo, o filho de africano lhe trazia à memória a mãe, que havia ficado no Japão. Ela também era afeita a provérbios, também gostava de dizer coisas às plantas. O velho, a mãe, a árvore — Sugata testemunhou conversas e guardou a impressão de que havia mesmo um entendimento entre as pessoas e as plantas. Como a mãe, o velho era capaz de advertências em tom grave: "Andorinha que anda com morcego amanhece de cabeça para baixo". Maneira própria de devolver a antipatia de Shinzenato, de aconselhar o mais novo contra a excessiva influência do vizinho.

Igual à mãe, contava histórias alheias ao mundo de Sugata. Uma delas em especial lhe chamou a atenção, pois tinha a ver com o que é vital a quem vive do que planta, tinha a ver com a chuva. Situações, personagens estranhos, mas havia algo de remotamente familiar nos nomes. Ifá, Exu, Olodumare, Oxetuá — palavras de pronúncia cômoda para um japonês.

E eis que, dizia o velho, a terra foi assolada por uma seca implacável. Morriam as plantas, os animais, os homens. Os mais sábios foram consultar Ifá, o oráculo, que recomendou uma grande oferenda a Olodumare, o deus supremo. O primeiro portador encontrou as portas fechadas. Outros sucederam-se, mas Olodumare não abria as portas.

Na vez de Oxetuá, este procurou um adivinho, que determinou mais uma oferenda e previu o encontro com uma solução: Oxetuá deveria fazer-se acompanhar de Exu para levar a oferenda. Portas abertas, Olodumare deu alguns feixes de chuva a Oxetuá, que perdeu um deles ao retornar. Por isto, começou a chover muito. Legumes e verduras brotaram, cresceram as palmeiras. E Oxetuá tornou-se o portador de todas as oferendas para o deus supremo.

Feixe de chuva? O imigrante embatucava com expressões que não entendia muito bem, coçava a cabeça, mas ria à solta com as explicações bem-humoradas do velho: feixe de chuva, sim, tal como um feixe de lenha. Os deuses comiam fatias de nuvens, bebiam dos oceanos, transportavam feixes de chuva.

Coisas assim, histórias de outro tempo e de outra gente, que muito encantavam Sugata, deixavam ainda mais irritado Shinzenato. O vizinho não escondeu a satisfação ao saber que Anacleto iria logo embora. O velho permaneceu ainda algum tempo na casinha do sítio depois que se acertaram todos os detalhes da venda, e um dia partiu. Queria morrer na Bahia, disse.

Sugata sentiu falta de Anacleto. Das histórias, dos ditados, por certo, mas também das instruções sobre lavoura. Sua família sempre vivera do comércio de peixe, a realidade é que ele jamais tinha sido um verdadeiro lavrador. Decidido agora a plantar amendoim e tomate, olhava para o arado e para as sementes como peças de um quebra-cabeça. Shinzenato, sempre ao redor, o instruiu: a parte do arado que faz os sulcos, a relha, deveria ter esta e não aquela altura.

Agricultor não há, tinha dito Anacleto, como o passarinho. As pequenas sementes que espalha vingam sempre onde caem, sem técnica maior que o fato de terem passado pelo estômago da ave e serem assentadas por vento e chuva. Já o homem precisa preparar o solo, às vezes queimá-lo, para obter resultados. Da penetração certa na terra é que vem o bom fruto.

No tempo da colheita, Sugata voltou a lembrar-se intensamente do velho. Não havia amendoim, não havia tomate que prestasse, porque o plantio estava errado. Por competição ou por maldade pura e simples, o vizinho lhe ensinara a forma incorreta de se plantar, o jeito inadequado de revolver a terra com o arado. "Andorinha que anda com morcego..." O ditado de Anacleto era uma antevisão.

Os meses seguintes foram muito difíceis. Sugata viveu a duras penas com sobras de antigas economias, alimentando-se a maior parte do tempo de batatas. No sítio ao lado, Shinzenato comemorava todos os dias a própria abundância, agora abertamente hostil e sarcástico quanto ao que chamava de má-sorte do mais jovem.

Cada um dos males tem remédio próprio, alguém havia dito isso a Sugata. Mas a mãe e o velho haviam de algum modo metido na sua cabeça que há um remédio comum a todos: ver e não pensar, sentir sem ser tomado pelas emoções, agir sem ser arrastado pelos desejos. Ver era perceber com os olhos do espírito o que está aí, dentro e fora.

Sugata viu e aceitou o que lhe tinha acontecido. Sem buscar vingança contra o vizinho, juntou deliberadamente a sabedoria de Anacleto com a de sua mãe: "O lótus cresce na lama". O lótus não é lama, mas nela floresce; pode-se conviver com o morcego sem acordar de cabeça para baixo. Basta ver as coisas como elas são. Sugata compreendeu que do vizinho não poderia vir qualquer ajuda e, com o espírito preparado, terminou aprendendo o que devia saber sobre sua própria lavoura.

E tudo estava devidamente arrumado para a colheita do verão seguinte. As sementes nos lugares e nas alturas certas dos sulcos haviam gerado frutos robustos, embora ainda incompletos. Faltava só a chuva. Não era só no distante Nordeste que a seca apavorava lavradores. Aquele ano no interior de São Paulo excepcionalmente espantara as águas. As lavouras padeciam.

Aprendizagem dura, espírito mais forte, é o que sempre lhe diziam em japonês. Mesmo assim, o aprendiz de lavrador começava a desanimar. Contra a má-sorte, agora sim, a má— sorte, de nada podia o correto procedimento. E havia um prazo. Se até então não chovesse, a safra estaria definitivamente perdida.

Sugata lembraria para sempre aquele dia. Era uma segunda-feira, a data por todos considerada fatal, quando às dez horas da manhã começou a chover. Shinzenato achava-se à beira da cerca que separava um sítio do outro, olhando desoladamente para a plantação, e foi quem primeiro viu a nuvem. Densa, destacou-se do azul homogêneo do céu como uma imensa fatia escura e despencou, liquefeita.

O vizinho chegou a gritar de alegria, mas logo silenciou ao ficar evidente que a chuva caía apenas no espaço plantado por Sugata. Não era um mero pé d'água, mas chuva de fecundação, das que trazem vida à terra e salvam a colheita. Incompreensível é que caísse apenas num dos dois roçados tão próximos.

Emocionado, aturdido, o jovem lavrador primeiro chorou e depois, curvando-se para a frente, agradeceu. A princípio não sabia exatamente a quem, mas reiterava os agradecimentos com a cabeça, ao modo dos japoneses, cada vez mais fortemente, à medida que se lhe formava na mente a imagem de um feixe de chuva escapando das mãos de um deus para cair sobre o seu sítio. Olhando bem os sulcos regulares deixados pelo arado, lembrou-se das marcas no rosto do negro, lembrou-se, como lhe tinha ele contado, que segunda-feira era dia de Oxetuá e de Exu.

Agachando-se para enfiar as mãos na terra fecundada, súbito promissora como uma mãe, Sugata viu-as escurecidas. Aí, mirou o céu por um instante e se perguntou com quem estaria conversando agora Anacleto.

O DESPEJO

A aflição, tanta, estampada nos rostos do homem e das duas crianças, parece reverberar nas paredes da casa. Mas a mulher permanece na cozinha, preocupada apenas com o que está fazendo:

— Você bem que podia me ajudar a cortar quiabo, Zeca!

— Não é possível, Lena! — explode José Carlos. — Assim não dá! Estamos para ser expulsos de casa, e você insiste nessa besteira!

Inclinada sobre o mármore da pia, com o avental muito usado à frente do corpo, ela olha para o marido e por um instante sente muita pena dele. É duro para um homem de quarenta anos ser despejado com a família por não mais poder pagar os aluguéis. E as dívidas de condomínio acumuladas?

Veias intumescidas na testa, vermelhidão nas maçãs do rosto, as marcas de um desespero.

— Calma, Zeca, calma! — contemporiza. — São 11 horas da manhã, o homem ainda não chegou, a gente tem de comer alguma coisa...

O homem é o oficial de justiça. Pode chegar a qualquer hora com os ajudantes e o caminhão para levar embora móveis e utensílios. Os credores haviam obtido do juiz uma ordem de confisco dos bens domésticos.

— Quem vai conseguir comer, Lena, quem? — José Carlos parece exasperar-se ainda mais. — Você gastou o pouco que restava com uma comida de que só você gosta... você e o seu santo, Lena!

Ele faz um gesto desconsolado com as mãos em direção à mesa da cozinha, onde se amontoam quiabos, cebolas, um pequeno pacote de amendoim, outro de castanha. No centro, um frasco cheio de azeite de dendê, vermelho-imponente, feito da flor, segundo o rótulo.

As crianças estão assustadas. Mirna, a mais velha, tem 13 anos e morre de vergonha do que está ocorrendo. Sua maior preocupação é evitar que alguma amiga do prédio possa chegar neste momento. Pedro, de cinco anos, choraminga, agarrado a uma cesta de vime cheia de brinquedos.

Da cozinha, Lena controla com o olhar toda a sala. Sabe que a situação é séria, mas diz bem alto:

— Olhe aqui, gente... é muito chato passar por tudo isto, mas ninguém vai morrer, nós vamos dar um jeito...— de repente, com mais ênfase: — Agora, o caruru do santo eu não vou deixar de servir, de maneira nenhuma!

Santos, aliás: Cosme e Damião. Isto é o que ela diz aos filhos. Acha complicado explicar sua obrigação para com ibejis e erês, uma tradição na família de seus pais.

— Você não vive na Bahia, Lena! — diz José Carlos, um pouco menos irritado, porém sarcástico. —Isto aqui é Leblon, Zona Sul do Rio de Janeiro!

Ela eleva ainda mais a voz:

— Eu sou baiana em tempo integral, queridinho! Moro e gosto do Rio, mas sou uma filha da Bahia... e quem foi que lhe disse que o Rio é menos devoto de Cosme e Damião do que a Bahia?

O rompante da mulher acalma um pouco o marido, agora mais empenhado em consolar o filho. O garoto agita-se nervosamente. Lena deixa um instante de mexer na panela para observar o menino, que tenta inutilmente enfiar na cesta já cheia outros brinquedos espalhados pelo chão. Ele empurra, aperta, mas não cabem todos. Lágrimas lhe desenham pequenos sulcos no rosto.

— O que é isso, Pedro? — ela pergunta, aflita. — Por que você está fazendo isso, meu filho?

Mirna tinha dito que o homem vinha levar todas as coisas da casa. Cada um teria direito de guardar apenas um pacote que pudesse carregar nos braços. O garoto não queria deixar nenhum brinquedo para trás.

Zangada, Lena tira o chinelo e entra na sala. Mirna esconde-se atrás do pai, ele intervém:

— Deixe disso, Lena. Não é hora...

— Esta menina vai apanhar, Zeca, ela tem de ser castigada, José Carlos! — grita Lena, mas termina chorando e deixando cair o chinelo.

Aflito e comovido, ele tenta abraçar a mulher, mas nesse instante ouve-se a campainha, insistente. Todos se sobressaltam, Mirna em especial. Leva as mãos ao rosto e avisa:

— Se for Luisa, não abram a porta, ou eu me mato!

Não, não é nenhuma amiga do prédio, tranquiliza o pai, depois de conferir pelo olho mágico. Hesita um momento, consulta o relógio e finalmente gira a chave na fechadura. O tempo lhe parecia estar voando, já era mais de meio-dia, a hora anunciada.

O homem que havia feito soar a campainha parece maior do que a porta. Negro, alto e largo, em torno dos cinquenta anos de idade, vestido de paletó e gravata, ele ostenta um ar entre o precavido e o resoluto de um oficial de justiça. A resolução é dever de ofício, a precaução vem da experiência de nunca se saber com certeza como o intimado pode reagir numa situação dessas.

— Dá licença? Posso entrar?

Não há o que responder, nenhuma dificuldade à vista. Difícil mesmo é supor que haja algum ânimo para resistir numa circunstância dessas à montanha de músculos da Lei.

— Faça o favor... — desconsolado, mas cortês, José Carlos abre passagem para o recém-chegado.

Ciente de que a situação parece sob controle, o homem estende a mão e se apresenta:

— Clóvis. O senhor...

— José Carlos...

— Não, não... eu sei o seu nome... — agora, o oficial de justiça hesita um pouco, parece embaraçado. — O senhor me desculpe por tudo isso, eu não fico nada à vontade nestes casos, mas é minha função... Tenho de avisar que na porta do prédio há um caminhão com carregadores, esperando.

— Claro, claro, vá em frente! — exorta José Carlos, num arroubo de dignidade, convicto de que não há nada mais a fazer.

Lena havia corrido à cozinha para tirar a panela do fogo, mas agora reaparece com uma colher de pau na mão. Pede, em tom de súplica:

— Seu Clóvis... sente-se um pouquinho, por favor!

O oficial de justiça repuxa os lábios, avalia o pedido e vai dizer alguma coisa, mas Lena interrompe:

— Ainda tenho de fazer... uma obrigação... religiosa, sabe?

Ele senta-se, constrangido, relanceando o olhar em torno da sala. Detém-se em duas pequenas esculturas de Cosme e Damião, revestidas de contas em amarelo e azul, entronizadas num nicho dependurado na parede. Leva a mão direita à testa em sinal de reverência e tenta, uma vez mais, dizer algo a Lena. Mas Pedro, que se mantivera a uma distância prudente, agora aproxima-se e pergunta:

— Você vai matar a gente?

Lena precipita-se para tirar dali o garoto, mas Clóvis, visivelmente perturbado, faz um gesto apaziguador com a mão e quer saber:

— Quantos anos você tem, meu filho?

Cinco dedos levantam-se em resposta.

— Eu não vou fazer nada disso, sou um amigo tranquiliza.

No ar, agora, um cheiro forte de dendê. Lena volta rápido à cozinha, ouve-se o barulho de pratos e talheres. Clóvis apura as narinas, fareja perceptivelmente à sua frente, olha de esguelha para José Carlos e comenta:

— É da flor.

— O quê?

— Azeite feito da flor do dendê, sem bambá, José Carlos! — grita lá de dentro Lena, atenta ao que se passa na sala, arrematando: — Homem ignorante...

José Carlos finge que não ouve, dirige-se ao oficial de justiça: O senhor parece entender...

Lena reentra na sala. Tem no rosto um olhar de triunfo e nas mãos uma tigela de barro redonda, cheia de caruru e, espalhadas aqui e ali, sobrecoxas de frango.

— Meu Deus! — exclama o marido, surpreso. Parece escandalizado: — Até frango, Lena?

— Você já viu caruru de obrigação sem um pedacinho de frango, Zeca?

Ele vai dizer alguma coisa, mas a mulher passa à frente com a tigela levantada na direção das imagens de Cosme e Damião. Diz em voz alta:

— Eu penei, mas fiz, meus santos!

— Kê mi xanxo' / no Beji miró! — entoa Clóvis, fervoroso.

Todos olham surpresos para o oficial de justiça. Sorridente, animado, não parece o mesmo de pouco tempo atrás. Tira o paletó, a gravata e contempla embevecido a tigela, que Lena deposita sobre uma esteira, no chão, para as crianças comerem. São meninos os santos, crianças têm a preferência. Sob a vigilância cúmplice do visitante, ela instrui Mirna e Pedro:

— Sem garfo nem colher! E para comer só com as mãos!

— Kê mi xanxó...

Clóvis interrompe a cantiga para sentar-se ao lado das crianças, que não mais parecem aflitas, cheias de apetite. Junto com elas, enfia a mão na tigela e começa a comer do caruru. Lena sorri, satisfeita, mas o toque repetido do interfone deixa José Carlos inquieto. Há alguém impaciente na portaria do prédio, ao que tudo indica, os homens do caminhão. Ele interpela o oficial de justiça:

— Bom, bom, mas... e o despejo?

— Ajeum, ajewn! — ele responde, sempre embevecido, sem fitar ninguém em particular.

— O quê?

— Comida, Zeca, hora da comida! — intervém Lena, com a paciência estudada de quem explica o óbvio. Êta homem ignorante...

Ele parece exasperar-se, vai dizer alguma coisa, mas desiste, vendo Mirna e Pedro atacarem, felizes, as sobrecoxas de frango. Senta-se no chão ao lado do oficial de justiça, dos filhos e da mulher, que acaba de ajeitar-se num banquinho. Ao redor dos lábios de todos, brilha uma auréola amarelada de azeite. José Carlos mete a mão na tigela, experimenta a consistência do quiabo e convida, resignado:

— Ajeum então, minha gente. É a vontade dos santos!

A PARTIDA

De dentro de sua casa, a grande ialorixá ouvira o som estranho, cicioso, provindo da gameleira. Qualquer outro diria: efeito do vento nas folhas. Mas ela intuiu que o ruído tinha um sentido particular. Habituara-se a contemplar a árvore, reverenciar sua majestade e tentar adivinhar seus secretos desígnios. O cicio parecera-lhe uma mensagem.

Por isso consultou os búzios. E clara foi a resposta do oráculo: a sua hora havia chegado. Embora tranquila, a zeladora de orixás não deixou de surpreender-se. Estava bem de saúde, disposta, não via por que passar tão cedo para o Outro Lado, onde reina o Invisível.

Mas os búzios não davam margem à dúvida. Só lhe restava preparar-se e comunicar aos filhos, a comunidade dos filhos-de-santo daquele Terreiro, o fato inevitável de sua viagem. À beira da fonte de Iemanjá, onde todos costumavam lavar os rostos no raiar do dia, ela anunciou:

— Vou-me embora para sempre, amanhã ao meio-dia.

Geral foi a consternação. Aos inconformados lembrou o provérbio de que "a doença pode ser curada, a morte não pode ser remediada". Iku, a morte, viria pela vontade mais forte do orixá. Em seguida, vomitou pedrinhas, muitas, que a gente de santo recolheu para fazer colares de reverência e proteção.

Na aurora do dia seguinte, secou a água da fonte de Iemanjá. Já terminando a manhã, a grande ialorixá deitou-se em seu leito, depois de abrir todas as portas e janelas da casa, para ver e ser vista pelos filhos do Terreiro. Vestia a roupa branca dos dias de festa no barracão e ostentava no pescoço as guias de coral vermelho e branco, cores de sua divindade pessoal.

Na hora aprazada, ela voltou-se para os mais próximos, falando durante certo tempo em nagô, a língua dos antepassados. Vários ali conheciam a língua, mas também sabiam de seus muitos níveis de profundidade, como se fosse a escada de um segredo.

Disseram quase em uníssono:

— Não estamos entendendo, mãe, não compreendemos nada!

— Vocês não sabem o que perderam! — respondeu ela.

E morreu.

(A partir de um episódio da vida real.)

Esta obra foi composta pela BR75 em Arno Pro Light (texto) e Birch Std (títulos), impressa pela JMV Gráfica, sobre papel Pólen Bold 90g para a Editora Malê, em agosto de 2025..